新堂冬樹

熱血教師カオルちゃん

角川春樹事務所

熱血教師カオルちゃん

装画　松山恵
装幀　五十嵐徹
（芦澤泰偉事務所）

1

眼《め》を開けた。

視界に広がる見覚えのある天井。窓から忍び入る雀《すずめ》の囀《さえず》り。

自室で迎える朝……いつもと同じ朝、のはずだった。

いつもと違うのは、目覚まし時計のベルではなく自然に目覚めたこと。

寝過ぎたとき特有の背中に淀《よど》む疲労感に、嫌な予感がした。


もしかして……。


寝起きのアルファ波が充満している脳内に、考えるだけで気を失いそうな可能性が浮かんだ。

いや、そんなはずはない。

カオルは、可能性をすぐに打ち消した。

仰向《あおむ》けになったまま、首を上に巡らせた。

ヘッドボードにあるはずの目覚まし時計がなかった。

嫌な予感が膨張した。

うっすらと聞こえる子供達の声――カオルは跳ね起き、ベッドに膝立《ひざだ》ちになり窓の外に視線をやった。

眼下の通学路を歩く小学生の姿に、心臓が凍《い》てついた。

嫌な予感は確信に変わった。

デスクの上のスマホを鷲摑《わしづか》みにした。

七時二十八分……いつもなら、家を出ている時間だ。

「嘘《うそ》！」

カオルは叫び、自室を飛び出し階段を駆け下りた。

「ちょっと、どうして起こしてくれない……」

リビングのドアを開けたカオルは、息を吞《の》んだ。

ソファの上で、目覚まし時計を抱き締め熟睡している静香《しずか》。

カーテンの隙間《すきま》から射《さ》し込む朝陽《あさひ》が、静香の金色の髪をよりいっそう明るく染めていた。

ガラステーブルの上には、空のワインボトルやフライドチキンの骨が散乱していた。

酔い潰《つぶ》れ、化粧も落とさずに寝たのだろう。

「嘘だろ……」

カオルは立ち尽くし、呟《つぶや》いた。

昨夜、静香は学生時代のヤンキー仲間を家に招き、ドンチャン騒ぎをしていたのだ。

「あれ……ごめん。うたた寝しちゃったみたい」

人の気配で眼を覚ましたのか、静香がむっくりと起き上がり寝惚《ねぼ》けまなこで言った。

「うたた寝しちゃったじゃないよ！　なんで僕の目覚まし時計を抱いて寝てんの？　おかげで寝坊しただろ！　新一年生初めての授業から遅刻なんて、シャレにならないよ！」

カオルは静香に抗議し、洗面所に駆けた。

一秒でも早く家を出たかったが、教師という職業柄、目やにや寝癖をつけたまま登校したら生徒の規範にならない。


——一文字《いちもんじ》先生、教師は、いつ、どこで、誰からみられても大丈夫な行動を心掛ける必要があります。日本の未来を背負って立つ子供達の手本にならなければなりませんからね。


三年前——以前勤めていた中学でカオルが新任教師になったばかりのときに、尊敬する光枝《みつえだ》校長が笑顔で諭してくれた言葉が脳裏に蘇《よみがえ》った。

同じ地方公務員でも、役所の職員と比べて教師の制限は多い。

たとえば、近所で酒は飲まない、ギャンブル場には行かない、未婚の場合は恋人と腕を組んで歩かない、などの自主規制をほとんどの教師が行っていた。

どれも法に触れないことではあるが、光枝校長の言うように手本にならなければならない教師が、酔っていたり、パチンコを打っていたり、女性とイチャイチャしたりしている姿をみられてしまうのは教育上よろしくない、という意味合いだ。

顔を急いで洗い、跳ねた髪を水で撫《な》でつけたカオルは、歯ブラシをくわえたまま階段を駆け上がった。

「カオル、マジ、ごめんね。あんたが遅刻しちゃヤバいと思って、目覚ましパクったんだよね」

二階までついてきた静香が、バツが悪そうに首を竦《すく》めた。

「は!? なに余計なことをしてるんだよ。それに、マジとかヤバいとかパクったとか、言葉遣い気をつけてくれよ。ヤンキー仲間を連れ込んでドンチャン騒ぎするのもね!」

カオルはスエットを脱ぎながら静香に釘《くぎ》を刺した。

近所の住人の眼や耳に入ったら、すぐに噂《うわさ》は広がる。

言動を気をつけなければならないのは、教師の家族も同じだ。

「あたしの仲間は最高さ。なにも恥ずかしいことなんてないわ」

「そういうことを言ってんじゃないの! お袋が金髪にしてるだけでも白い目でみられてんのに、教師の自宅が不良の溜《た》まり場みたいになってちゃ問題だろ? 三十九歳って年齢は、二十五の息子がいるにしちゃ若いのは事実だけど、教職者の母親だっていう自覚を持ってくれなきゃ」

カオルは静香を窘《たしな》め、濃紺のスーツを身に纏《まと》った。

「お袋って呼びかたはやめなって言ってるだろ!? 静香姐《ねえ》さんって呼びな!」

静香が、親指で自らを指しながら決め顔で言った。

「悪いけど、お袋につき合ってる暇はないんだ。初日から遅刻じゃ、生徒達に示しがつかないよ」

ため息を吐《つ》き、カオルは階段を駆け下りた。

「待ちな、カオルちゃん！」

革靴を履くカオルの背中を、静香が呼び止めた。

「お袋のほうこそ、その呼びかたやめてくれって言ってるだろ⁉」

カオルは、恥ずかしさに顔を赤らめた。

「親が子供の名前を呼んで、なにがいけないのさ？」

静香が、悪戯《いたずら》っぽい表情で言った。

「そもそも、なんでそんな名前をつけたのさ！」

カオルは、二十五年間の鬱積《うっせき》を口にした。

カオル……最初に名前を聞いた人のほとんどに、女性だと思われる。

銀行の窓口や病院の待ち合いスペースで名前を呼ばれカオルが立ち上がったときに笑われることは珍しくない。

濃い眉《まゆ》にくっきり二重……カオルは、昔でいうところのソース顔で男らしいビジュアルをしているので、余計に名前とのギャップを与えてしまう。

大人になってからはまだましだが、小学生の頃はほとんどイジメ状態だった。

――お前、女みたいな名前だな！

――カオルっ、スカート穿《は》けよ！

――女が男子トイレに入んなよ！

――お前って、化粧とかするんだろ？

残酷なクラスメイト達にとっては悪ノリのつもりだったのかもしれないが、カオルは登校拒否寸前になるまで悩んでいた。

名前のことで静香を恨んだことは、一度や二度ではない。

――どうして、女みたいな名前をつけたんだよ！

学校から帰ったある日の夕方、カオルは涙目で静香に抗議した。

――私がつけてほしかった名前だからよ。

キッチンで洗い物をしていた静香が、振り返りもせずに言った。

――なにそれ！　どうして母さんがつけてほしい名前を僕につけるんだよ！　僕は男だよ！

――いいじゃん。かわいい名前だろ？

振り返った静香が、歯を剝《む》き出して笑った。

「忘れたのかい？　あんたがガキの頃にも教えたろ？　母さん、カオルって名前に憧《あこが》れていたんだって」

回想の旅から戻ったカオルの目の前に、回想の中と同じ顔で笑っている静香がいた。

「何度聞いても腹が立つ理由だ。じゃあな」

「待ちな、カオルちゃん！」

「なんだよ、時間が……」

言いかけたカオルの眼前に、紙袋が飛んできた。

紙袋の中身は、弁当箱だった。

「明け方、酒をゲーゲー吐きながら作ってやったんだよ。感謝しな」

静香が、恩着せがましく言った。

「ありがと」

カオルはぶっきら棒に言うと、外へ飛び出した。

☆

景色が、ビデオの早送り映像のように視界の端を掠《かす》めてゆく。

登校中の都立「太陽《たいよう》高校」の生徒達を次々と追い抜いた。

走りながら、腕時計をみた。

八時ちょうど――職員ミーティングが始まるまで、あと十分しかなかった。

入学式翌日から遅刻するわけにはいかない。

生徒の手本になれるような教師でありたかった。

生徒に信頼されるような教師でありたかった。

昔やっていた学園ドラマ、「熱中時代」の北野広大のような、「3年B組金八先生」の坂本金八のような、熱き血潮を滾《たぎ》らせて生徒を真正面から受け止めるような教師がカオルの理想像だった。

北野先生が新一年生の一発目の授業に遅刻したら、生徒達は失望するだろう。

金八先生が新学期初日の職員ミーティングに遅刻したら、生徒達はショックを受けるだろう。

夢と希望に胸膨らませている新一年生を失望させることなど、絶対にあってはならないことだ。

カオルは、走るピッチを上げた。


神様、チーターの脚力をください！

神様、サラブレッドの持久力をください！

カオルは、心で祈りながら駆けた。

ふくらはぎはパンパンに張り、肺は破れそうだった。

歯を食い縛り、カオルは正門目掛けて突っ走った。

カオルの形相をみて、生徒達がびっくりしたように道を譲った。

「君達、ごめんな！」

カオルは、生徒達に手を上げ詫《わ》びながら正門を潜《くぐ》り抜けた。

八時三分——あと七分しかない！

だが、なんとか、遅刻せずに済みそうだ。

「誰だ？　あいつ？」

「全力疾走してる大人って、初めてみたわ」

「あれ、ウチの先公？」

「さあ、みたことないわ」

校庭の隅にたむろしていた四人の生徒のひそひそ話が、耳に入ってしまった。

なにも聞こえていない。

なにも聞いていない。

カオルは、自分に言い聞かせた。

心の声に反して、足が止まった。

聞こえなかったことにすれば、遅刻せずに済む。

ふたたび、足を踏み出した。

それでいいのか？

生徒の指導より、自分の立場を優先するのか？

ふたたび足を止め、身体《からだ》の向きを変えた。

「おい、あいつ、こっちにくるぜ」

「おっさんかと思ったら、意外と若いんだな」

「もしかして変質者？」

「やだ、レイプされるかも～」

男子生徒ふたりと女子生徒ふたり――四人とも髪を金や茶に染めている。

女子生徒のスカートの丈は規定よりかなり短く、男子生徒はネクタイを締めていなかった。

「おはよう！」

カオルは、手を振りながら四人に歩み寄った。

「な、なんだあいつ……無駄に爽《さわ》やかな笑顔で近づいてきたぞ」

「なんか知らねえけど、ウザそうな奴」

ふたりの男子生徒が、顔をしかめた。

「僕は四月から赴任してきた一年A組を担任する、一文字カオル、二十五歳だ。君達は、何年だ？」

カオルは、四人の顔を見渡しながら自己紹介した。

「こいつ、やっぱ、先公かよ」

茶髪ロン毛で鼻にピアスを嵌《は》めている男子生徒が、吐き捨てた。

「カオルって……女みてえな名前だな」

ワイルド系ダンスヴォーカルユニットのメンバーさながらに、ラインの入った坊主で肌を灼《や》いた男子生徒が鼻で笑った。

「声張り過ぎで耳痛いわ」

栗《くり》色のロングヘアの女子生徒が耳を塞《ふさ》いだ。

「昭和の人みた〜い」

金髪のショートヘアの女子生徒が、カオルを指差しケタケタと笑った。

「僕の声が聞こえないのかな？　もう一度、君に聞くぞ。何年生だ？」

カオルは、細波《さざなみ》立ちそうになる心を落ち着かせ、鼻ピアスの男子生徒を指差した。

「二年だよ」

鼻ピアスが、ぶっきら棒に言った。

「二年生なら、一年生の手本になるように『太陽高校』の校則は守らないとな。ネクタイはなし髪は染めるピアスは嵌める……校則違反だらけだぞ」

カオルは、鼻ピアス、ライン坊主、栗色ロング、金髪ショートそれぞれの違反点を指差しながら窘めた。

「うるっせえな……」

「言葉遣い！」

ライン坊主の言葉を遮り、カオルは指摘した。

「あいつとかこいつとか、先公とかウザいとか、そういう言葉遣いをする人を君達は尊敬できるか？　日本語は世界に誇れる美しい言語なんだ。そんな素晴らしい言語の国に生まれてきたんだから、もっと日本語を大事にしようじゃないか！」

「ウチらの担任でもないくせに、ほっといてよ！」

栗色ロングが、食ってかかってきた。

「ほんと、マジ、鬱陶《うっとう》しい！　あたし達が使ってんのも日本語なんだよ！」

金髪ショートが栗色ロングに続いた。

「おっ、ウザいじゃなくて鬱陶しいって表現はいいぞ！」

カオルは、金髪ショートに親指を立てながら言った。

「はぁ⁉　ねえ、なんとかしてよ！　こいつキモいんだけど！」

金髪ショートが鼻ピアスにしかめっ面を向けた。

「先公さ、あんた、よそから赴任してきたんだろ？　ってことは、ここじゃ俺らが先輩だ。あとからきたくせにえらそうにしてんじゃねえぞ、こら！」

鼻ピアスが、カオルの胸倉を摑んできた。

「たしかに、君の言う通りだな。僕が教師といっても『太陽高校』のことは一年間過ごした君達のほうが詳しいよな。これから、いろいろ教えてくれよな。だが、人生の先輩としてアドバイスすると……こういう行為はよろしくない」

カオルは言いながら、鼻ピアスの手首を摑み胸もとから離した。

「放せよ！　眉毛野郎！」

カオルの手を振り払う鼻ピアスの暴言に、ライン坊主、金髪ショート、栗色ロングが大爆笑した。

「行くぞ」

鼻ピアスは三人を促し、正門に向かった。

「おい、君達、どこに行く!?　これからホームルーム……あ！」

四人を止めようとした自らの言葉で、カオルは職員ミーティングに向かっていたことを思い出した。

腕時計の針は、八時十八分を指していた。

「マズい！」

カオルは、踵《きびす》を返し校舎にダッシュした。

☆

「おはようございます！　遅刻して申し訳ございません！」

カオルは、職員室のドアを開けると同時に、深々と頭を下げた。

各々のデスクに座っている教師達の視線が、全身に突き刺さった。

「一文字先生、どういうことですか？」

恐る恐るカオルが顔を上げると、教頭の清水《しみず》が黒縁眼鏡を中指で押し上げながら歩み寄ってきた。

整髪料でべったり撫でつけられた七三分けの髪、神経質そうな鷲鼻《わしばな》に薄い唇……昨日、入学式で初めて会ったのだが、ひと目で苦手なタイプと感じた。

「いま、何時ですか？」

「八時二十分です」

カオルは、腕時計に視線を落として言った。

「職員ミーティングは、何時からですか？」

清水が、ねちねちと質問を重ねてきた。

「八時十分からです……」

「ということは、何分の遅刻ですか？」

昆虫をいたぶる猫のように、清水の粘着質な質問は続いた。

「十分です」

「そうです！　あなたは、職員ミーティングに十分遅刻した。しかも、今日は、新学期初日の授業であり、あなたにおいては赴任初日の授業です。そんな大事な日に、よく遅刻できましたね？」

「すみません！」

カオルは、自衛隊の隊員さながらに直立不動の姿勢で詫びた。

「子供じゃないんですから、謝って済まそうとしないでください。まさか、新学期初日に、赴任初日に寝坊ですか？」

清水の眼鏡の奥の瞳《ひとみ》は、加虐的な光を帯びていた。

「寝坊もしたのですが、間に合う時間に学校には着きました。ただ、校庭に四人の男女の生徒がたむろしてまして、服装や言動に少し問題があったので注意していたら、時間を忘れてしまいまして……教師として、恥ずかしいかぎりです。本当に、申し訳ありません！」

「四人の男女⁉　もしかして、鼻にピアスをした男子生徒、坊主で真っ黒な男子生徒、髪を派手な色に染めたふたりの女子生徒の四人組じゃないですか？」

清水の顔が、急に険しくなった。

「ええ、そうです。二年生だと言ってました」

「間違いない。藤城《ふじしろ》達ですね」

清水が、苦々しい表情で言った。

「もしかして、彼らは問題児なんですか？」

「問題児なんてものじゃないですよ。実は、いまも、彼らの処遇について話し合っていたところです。村松《むらまつ》先生から、説明してもらいましょう。村松先生には、指導教諭をやってもらっています。先生、お願いします」

清水が、単一電池のような体型をした恰幅《かっぷく》のいい男性教諭を促した。

年の頃では、三十代後半から四十代前半といったところだ。

コワモテな風貌《ふうぼう》は、生徒にナメられないようにするために意識しているのだろうか？

「教頭から紹介頂いた、指導教諭の村松だ。私の仕事は、生徒の生活指導はもちろん、一年から三年のクラスを受け持つ担任の先生方や職員にたいしての教育指導の改善や助言も含まれる。藤城隼人《はやと》、西嶋光也《にしじまみつや》、三枝華《さえぐさはな》、野村杏《のむらあん》の四人は、中学生の頃からつるんでいた札付きのワルだ。ウチの高校に入学してきてからも、恐喝、喫煙、喧嘩《けんか》とやりたい放題だ。とくに、リーダー格の藤城は筋金入りの不良で少年院に入っていた過去がある」

「素朴な疑問なんですが、『太陽高校』の偏差値は55という平均的なものですが、勉強をしない生徒が入れるほど低くはありません。どうして、四人はウチに入学できたんですか？」

言葉通り、カオルは素朴な疑問を口にした。

「そこが、四人の厄介なところなんだ。彼らは、悪さもするが勉強もする。だから、質《たち》が悪いんだ」

村松が、渋面を作り首を横に振った。

「どうして、質が悪いんですか？　勉強もきっちりやって、えらいコ達じゃないですか」

「悪さをしなければな。普通、不良っていうのは落ち零《こぼ》ればかりだから、勉強もできない。だから、ウチくらいの偏差値の高校には合格しないはずだ。つまり、我が『太陽高校』には存在しないはずの落ち零れグループだ。街のそこここを落書きされたり窓ガラスが割られたりした状態で長期間放置していると、急速に治安が悪くなるという実験結果が出ている。人間って生き物は、荒《すさ》んだ光景をみていると心まで荒んでくるらしい。教頭と私の夢は、向こう十年で『太陽高校』を進学校にすることだ。その夢を実現するためには、悪性腫瘍《しゅよう》が転移するまでに切除しなければならない」

「あの……ちょっと待ってください。悪性腫瘍って、誰のことですか？」

まさかとは思ったが、カオルは村松に訊《たず》ねた。

そんなわけはない。きっと、自分の聞き違いだ。

「藤城達に決まってるじゃないか」

当然、といったふうに村松が言った。

「自校の生徒のことを悪性腫瘍にたとえるのは、どうかと思います」

カオルは、躊躇《ためら》うことなく意見を口にした。

「赴任早々、遅刻している立場でなにをえらそうなことを言ってるんだ⁉」

村松が、怒りに顔を紅潮させた。

「僕が遅刻したことは、本当に申し訳ありません。ですが、生徒を悪性腫瘍呼ばわりすることとは別の話です」

カオルは、一歩も退《ひ》かなかった。

相手が誰であれ、曲がったことは許せなかった。

「そんな奇麗事《きれいごと》言えるのは、一文字先生があの四人がどれだけ問題児かを知らないからですよ」

村松の隣に座っている長髪に吸血鬼のような青白い顔をした男性教諭——数学の小峯《こみね》が、皮肉っぽい口調で話に参加してきた。

「どれだけ問題児だとしても、同じことです。僕達教師という仕事は、世界中の人を敵に回してでも生徒を守らなければならないときがあります」

「あなた、それ、本気で言ってるの？　教師は、生徒の信者でも奴隷でもないのよ？」

小峯の対面のデスク——カオルよりいくつか年上と思《おぼ》しき英語教諭の石野《いしの》が、冷めた眼を向けてきた。

「信者とか奴隷とか、その考え自体が間違っています。僕達教師は、生徒を教え導くと同時に、逆に彼らから学ぶことも多いと思います」

「一文字先生は、ロマンティストですね」

清水が、嫌みたっぷりに言った。

「ですが、残念ながら、君と議論する気も持論を聞く気もありません。さらに言うならば、君の教育論とか信念とかは、ためになるどころか邪魔でしかありません。郷に入れば郷に従え。君は今日から『太陽高校』の教師です。私の言葉がルールだと思ってください」

清水が、言葉遣いこそ丁寧だが有無を言わせない口調で言った。

「ほかの先生方のご意見はいかがでしょう?」

作り笑顔で、教諭達を見渡す清水。

「もちろん、教頭先生に賛成です」

指導教諭の村松が、即答した。

「私も、異論ありません」

「教頭のおっしゃる通りですわ」

数学教諭の小峯と英語教諭の石野が村松に続いた。

「賛成です」

物理教諭の室井《むろい》が、遠慮がちに言った。

「私も」

白髪頭を縦に振る日本史教諭の菊地《きくち》。

「おふたりは、黙ったままですね？」

清水が、カオルとそう年の変わらない若い女性教諭とジャージ姿の短髪の男性教諭を交互に見比べた。

カオルは、昨日の入学式に記憶を巻き戻した。

若い女性教諭は音楽教諭の江口明日香《えぐちあすか》、ジャージ姿の教諭は体育教諭の中村宏《なかむらひろし》だ。

カオルと同年代なので、ふたりのことは印象深く覚えていた。

「私は……一文字先生の意見に賛成です。問題を起こしている生徒だとしても悪性腫瘍にたとえるというのは、教師としてどうかと……」

明日香が、教頭の顔色を窺《うかが》いながら言った。

「なるほど。中村先生も、江口先生と同じ意見ですか？」

「……そうですね。自分も、問題児だからいないほうがいいというのは……」

「もう、結構！　君達に聞いた私が馬鹿でした。おふたりにはなにも期待しないので、邪魔だけはしないで頂きたい。そもそも、君達のような青二才に学校教育というものがわかるはずがありません。一文字先生、君もです！　今日の遅刻も問題発言も赴任祝いとして水に流してあげますから、今後は、私の方針に従ってもらいますっ」

清水が、ヒステリックな金切り声で命じた。

「邪魔だからという理由で生徒を切り捨てる方針なら、教頭先生の方針でも従えません」

カオルは、清水の眼をレンズ越しに見据えきっぱりと言った。

「なんですって⁉　君は、誰に向かって……」

清水の声を、チャイムが遮った。

「記念すべき『太陽高校』での第一回目のホームルームに、行ってきます！」

カオルは背筋を伸ばし大声で言うと、清水とほかの教諭達に頭を下げ、職員室を出た。

2

一年A組のプレイトが、黄金色に輝いていた。

もちろん、プレイトはただのプラスチック製なので金色に輝きはしない。

あくまでも比喩《ひゆ》だ。

カオルがこれから受け持つ「宝物達」が、この引き戸の向こう側にいると思うと、すべてがキラキラと眩《まぶし》く感じた。

カオルは、深呼吸を繰り返し、昂《たか》ぶる思いを静めた。

このテンションのまま教室に入ってしまうと、感激のあまり生徒全員にハグしてしまいそうだった。

教師の生徒にたいしての愛情表現なので少しも悪いことではないが、男子生徒はともかく、女子生徒には慎重に接しなければセクハラだなんだと問題にされてしまう。


生徒の喜びはカオルの喜び。

生徒の哀《かな》しみはカオルの哀しみ。

生徒の苦しみはカオルの苦しみ。


生徒のために生きることは少しも苦ではなかった。

理由は、明白だ。

ただ、彼らの笑顔をみたい……それだけのことだった。


——一文字先生。あなたが誰よりも生徒への情熱を持った教師であることは、私が誰よりわかっています。

カオルが以前教諭を務めていた「第一中学」の光枝校長が、つらそうな瞳《ひとみ》でみつめ、ひと言、ひと言嚙《か》み締めるように言葉を発した。

——でも、人間というのは、顔や声が違うように、それぞれ性格も違うものです。あなたの情熱を理解できない人もいる。情熱を理解できない人達は、あなたの愛の鞭《むち》を暴力と受け取ります。

光枝校長が、哀しげに言った。

――僕のやったことは間違っていたんでしょうか？

――間違ってはいないと思いますよ。

――では、どうして、僕は……。

――一文字先生。これがなんの食べ物の絵にみえますか？

光枝校長が、チラシの裏に卵型の楕円《だえん》を描《か》きながら訊ねた。

――卵にみえます。

――ほとんどの人はそう言うでしょう。しかし、中にはキウイと言う人もいれば、ピーナッツと言う人もいます。ただ、私は答えを作って絵を描いてはいないので、どれが正解でどれが不正解ということはありません。

――つまり、僕は教師として、この絵をキウイやピーナッツと答えた生徒達にたいして理解が足りなかったということですね？

――いいえ。一文字先生は、生徒達にたいしてとても理解のある先生でした。

――だったら、なぜ、手塚《てづか》はあんなふうに……。

――相性が悪かったというしかありませんね。夫婦でも、相性が悪いと離婚問題に発展したりするでしょう？

さらりと、光枝校長が言った。

――相性のせいにしたくありません。手塚にたいしての理解がもっとあれば、こんなことにはならなかったと思います。

——その姿勢は本当に立派だと思います。ただ、教師と生徒も所詮《しょせん》は赤の他人。一文字先生が頭に思い描いているように、どんなことでも、どんな相手ともわかりあえるという関係はドラマの中だけの話で現実には不可能です。わかりあえない生徒もいる……新しい学校では、冷めた眼を持つことをお勧めします。この忠告は、私の餞別《せんべつ》代わりと思ってください。


カオルは頭を振り、頰《ほお》を平手で叩《たた》き自らに気合を入れた。

「みんな、おはよう！」

引き戸を開け教室に足を踏み入れながら、カオルは潑剌《はつらつ》とした声で言った。

それまでざわついていた室内に静寂が広がった。

遠慮がちな、おはようございます、がパラパラと返ってきた。

「なんだなんだ、みんな、元気がないな！　朝飯、ちゃんと食ってきたか？」


「食べました」

「いいえ」

「食べてません」

「なにそれ？」

「声でか……」

ボソボソと、いろんな声が聞こえてきた。

「さあ！　朝飯食った人も食ってない人も、元気に行こう！」

カオルは言いながら、黒板にチョークを走らせた。


今日から、「奇跡」の第一章が始まる！

一文字カオル

カオルの背中越しに、ふたたびざわめきが起こった。

「僕は、一年A組を担任することになった、国語教諭の一文字カオルだ。今日は、僕とともに『奇跡』という名の本の表紙を捲《めく》った記念すべき第一日目だよ！」

カオルは振り返り、文章の下にチョークで線を引きながら言った。

「え？」

「どういう意味？」

「奇跡ってなんだよ?」

「本気で言ってる? この先生」

「ウザっ」

「カオルって……女みたい名前」

「マジ、ウケるんだけど」


生徒達のざわめきがボリュームアップした。


「はいはいはい、静かに。朝のホームルームは、君達の自己紹介タイムにする。僕が名前を呼んだ順に、フルネーム、自分の長所と短所、そして、高校生活の一年でどんな『奇跡』を起こしたいかを語ってくれ!」

「ダリぃ。小学生じゃあるまいし、やってられっか」

廊下側の最後列——椅子《いす》に浅く腰かけ両足を投げ出しているロングヘアの男子生徒が、吐き捨てるように呟いた。

隣の眼鏡をかけた女子生徒が、怯《おび》えた顔で男子生徒をみていた。

周囲の生徒は、関《かか》わり合いになりたくないというふうにロングヘアの男子生徒を無視していた。

カオルは、教壇の座席表に視線を落とした。

桜井《さくらい》ジェームズ
彼は、ハーフなのか？

意識してみてみると、肌は雪のように白く彫り深い目鼻立ちをしていた。

ジェームズの前の席に座っている坊主頭の男子生徒が、ジェームズのほうを振り返りながらおかしそうに笑っていた。

ふたたび、座席表に視線を落とした。

篠田弘《しのだひろし》
ジェームズと弘は、俗にいう不良仲間に違いない。

「手本になるかどうかわからないけど、まずは、僕がトップバッターで行こう」

カオルは、みなの顔を見渡しつつ言った。

「改めて、僕の名前は一文字カオル。さっきも言ったけど、担当科目は国語だ。長所は、前向きなところ。僕は、人間が心の底から願えば不可能なことはないと思っている。でも、少しでも自分に疑いを持ったら願いは叶《かな》わない。人はこれを『信念』と呼ぶ」

「カオルちゃーん、しつもーん！」

弘が、おどけた口調で手を上げた。

そこここで、クスクスと忍び笑いが起きた。

「質問は受けつけるけど、その呼びかたは歓迎しないな。『親しき仲にも礼儀あり』。日本には、素晴らしい諺《ことわざ》がある」

「じゃあ、カオルちゃん！　しつもーん！」

懲りずに、弘が茶化してきた。

今度は忍び笑いが起きるどころか、室内の空気が凍てついた。

弘は、完全にカオルを挑発していた。

しかし、カオルに腹立ちはなかった。

我慢しているわけではない。

感情に任せて怒ってはならないということを、カオルは前の学校で学んだ。

「とりあえず、質問はなんだい？」

カオルは、話を先に進めた。

いま、自分への呼びかたについて議論するよりも、弘がなにを質問したいのかに興味があった。

「心の底から願えばなんでも叶うって言うけどさ、じゃあ、空も飛べんの？」

弘は、あくまでもカオルを挑発するつもりのようだ。

「ああ、一パーセントの疑いもなく飛べると信じることができれば飛べるさ」

自信満々に言うカオルに、生徒達がどよめいた。

「なら、俺でも飛べるってことだ。ねえ、ここの窓から飛んでみていい？」

ニヤニヤしながら、弘が立ち上がった。

もちろん、弘は二階にある教室から本気で飛び下りる気もなければ飛べるとも思っていない。彼ら問題児と呼ばれている生徒達は、無意識のうちに相手がどこまで自分を受け入れてくれるか、どこまで真剣に向き合ってくれているかを試している。

そんな彼らにたいして絶対にやってはならないことは、頭ごなしに怒ったり無視をすることだ。

「だめだ。篠田は、空を飛べると信じてないからな。落っこちて死んじゃうぞ」

カオルは、笑いを交えながら言った。

「だったら、先生、飛んでみせてよ」

それまでカオルと弘のやり取りを静観していたジェームズが、素っ気ない口調で言った。

「残念だけど、僕も死んじゃうな。さっきも言ったように、一パーセントの疑いもなく飛べると信じることができればの話だから。僕はまだ、そこまで悟りの境地に達してないな」

「なんだ、ハッタリか」

ジェームズが鼻を鳴らした。

「ちょっと、あなた達、いい加減にしてよ！　今日は、高校生活の一日目だよ⁉　どうして、先生を困らせるようなことばかり言うの⁉」

前列の窓際の席の女子生徒……知念憂《ちねんゆう》が机を叩き振り返り、ジェームズと弘に抗議した。

くっきりと凛々《りり》しい二重瞼《まぶた》に濃い眉……名前から察して、憂は沖縄《おきなわ》の生まれかもしれない。

「やっぱいたよ！　学園ドラマのヒロイン気取りが！」

弘が、憂を指差し嘲笑《ちょうしょう》した。

「別に、そんなの気取ってませんっ。あなた達が、授業を邪魔してばかりいるから！」

「授業じゃねえよ。ホームルームだよ」

カオルは、やり合う弘と憂を静観していた。

ほかの生徒達の、困惑した視線がカオルに集まった。

なぜ止めない？

生徒達の瞳は、そう語っていた。

新任の頃のカオルなら、すぐに止めていたことだろう。

ベテランであっても、普通はそうする。

だが、カオルは、一生忘れることのできないあの日……手塚に学んだ。

鎮痛剤を飲めば歯痛はおさまるが、それは一時的なもので数時間もすれば痛みがぶり返す。

痛みをごまかすのではなく、根本的に治療しなければ虫歯は治らない。

教育も同じだ。

表面上、言うことをきかせていいコにさせても、なんの意味もない。

親や教師の前では優等生を演じても、裏で悪さをするようになる。

カオルは、生徒が隠れて煙草《タバコ》を吸うのならば目の前で吸ってくれたほうがまし、という考えだ。

「屁理屈《へりくつ》言わないでよ。ホームルームだって、授業でしょ⁉」

「だからって、なんで、お前にごちゃごちゃ言われなきゃならないんだよ⁉」

憂と弘の言い争いはヒートアップしていた。

そろそろ口を挟もうと思っていた矢先のことだった。

「お前さ、こいつのこと好きなんだろ？」

ジェームズが、ポケットに手を突っ込んだままカオルを顎《あご》でしゃくった。

「ちょっと……なに言ってるのよ！」

「そっか！　お前、カオルちゃんがタイプなんだ！」

弘が、爆笑しながら囃《はや》し立てた。

「はいはいはい！　もう、そのへんでいいだろう。三人とも、すっきりしたか？」

カオルは、手を叩きつつ笑顔で言った。

「は？　なに言ってんの？」

弘が、怪訝《けげん》そうな顔を向けた。

「人間っていうのは、我慢しないで言いたいこと言ったほうがストレス解消になって健康にいいらしいぞ」

「アホくさ」

ジェームズが吐き捨て横を向いた。

「先生っ、彼らを怒らないんですか⁉」

憂が、不満そうに抗議してきた。

「怒る？　なにを？」

「だって、彼らは先生を馬鹿にして、授業を邪魔したんですよ⁉　私にも、ひどいことを……」

憂が、唇を嚙んだ。

「そうだな。たしかに、彼らがやった行為は褒められはしないな。ここで、知念に質問がある。僕が先生風を吹かして桜井と篠田を怒るのは簡単だが、それでどうなる？」

「どうなるって……反省させなきゃだめです」

「うん。今日の行為は反省してもらわなきゃならないな。でもさ、反省って、怒られて怖いからするものか？　それとも、成績に響くと困るからするものか？　そんなのでごめんなさいってなっても、本当に反省してないから、また、同じことを繰り返す。みんなもそういう経験あるだろう？　親がうるさいから適当に謝っておこうとかさ」

カオルは、生徒達の顔を見渡しながら言った。

「ほら、みてみろ、でしゃばり女！　カオルちゃんもいいって言ってんだろ？」

弘が、憂に憎々しげな表情で言った。

「篠田、それは違うぞ。僕は、頭ごなしに怒っても本人が心から反省しないから意味がないと言っただけで、お前達がホームルームの進行を妨げたり、目上の人間にたいしての言葉遣いが悪かったりすることをいいとは言ってない。十代のうちは、とくに男の子は少しくらいやんちゃなほうがいい。でもな、元気がいいことと周りに迷惑をかけることは違う。知念も言ってたように、今日は、高校生活の第一日目だ。中学生活を愉《たの》しく送ったコ。中学生活にいい思い出がなかったコ。新たな世界に踏み出す記念すべき日……それぞれの生徒にとって、今日という日はとても大事な日なんだ。さっきのお前達みたいにホームルームの進行を邪魔する生徒を、みなはクラスメイトとして歓迎できるか?」

カオルは、弘とジェームズの瞳をみつめながら熱っぽい口調で諭した。

「そんなこと言われても……」

弘が口ごもり眼を伏せた。

少しは、カオルの思いが届いたという手ごたえがあった。

「桜井は、どう思う?」

カオルは、ジェームズに問いかけた。

「別になにも」

ジェームズが、素っ気なく言った。

彼の瞳をみて、カオルはバットのフルスイングで頭を殴られたような衝撃を受けた。

手塚……。

思わず、声に出しそうになった。

暗鬱な過去へと、物凄《ものすご》いスピードで記憶が巻き戻った。


——お前は、自分が、なにを言ってるのかわかってるのか⁉

「第一中学」の放課後。三年C組の教室には、カオルとふたりの男子生徒がいた。

ひとりは問題児と言われていた手塚、もうひとりはいじめられっ子の斉藤《さいとう》だ。

——ああ、わかってるよ。お前みたいな役立たずのゴミは死んだほうが世の中のためになるって言ったのさ。

手塚は、唇に酷薄な笑みを浮かべた。

斉藤は、肩を震わせ泣いていた。

——手塚……それ、本気で言ってるのか。

——本気だって。だって、邪魔じゃん、こいつなんて……。

気づいたら、カオルの右の拳《こぶし》が手塚の頬を殴りつけていた。

手塚は背中から教室の床に叩きつけられるように仰向けに倒れた。

——斉藤は役立たずでもゴミでもないっ。人間はな、みんな、それぞれの使命を果たすために生まれてきてるんだよ。不必要な人間なんて、この世にひとりもいない！　手塚、斉藤に謝るんだ。

カオルが言うと、手塚が薄笑いを浮かべつつ上半身を起こした。

——俺は、謝らないよ。ゴミにゴミって言って、なにが悪いのさ？　先生は間違ってるよ。この世に、いないほうがいい無駄な人間は腐るほどいるんだよ。斉藤の親って、ウチの父さんの会社をクビになったの知ってる？　仕事ができなくて、会社に迷惑ばかりかけてたらしい。親子揃《そろ》って役立たずってことさ。ってわけだから、お前も親父《おやじ》も死ねば？

手塚が、嘲《あざけ》りながら斉藤に言った。

——いい加減にしろ！

カオルは手塚に馬乗りになり、ふたたび殴りつけた。

——好きなだけ殴れよ。暴力教師が。

手塚の氷のような感情のない瞳をみて、カオルは振り上げた腕を止めた。

後日、手塚の父親が校長室に乗り込み、カオルを傷害で刑事問題として訴えると詰め寄った。

だが、手塚の父親はすぐに引き下がった。

斉藤が、自室で手首を切り自殺を図ったのだ。

幸い、母親がすぐに発見して命に別状はなかった。

「第一中学」から転出したのは、カオルの意思だった。

どんな理由があっても暴力は許されない……などと奇麗事を言うつもりはない。

あのとき、手塚は殴られた以上の「痛み」を斉藤に与えた。

永遠に癒《い》えることのない傷を、斉藤の心につけたのだ。

しかし、手塚のあの氷の瞳をみてカオルは悟った。

およそ一年間、手塚と接していながら、彼の心を開くことができなかった。

もし、自分が手塚の心に入り込むことができていたなら、斉藤も心の傷を受けずに済んだ。

そう、斉藤を自殺に追い込んだのは手塚ではなく、自分なのだ。


「篠田、桜井。僕にはいいから、みなに謝るんだ」

カオルは、弘とジェームズを交互に見比べつつ促した。

「え……」

弘が、困惑した表情をジェームズに向けた。

「桜井」

カオルは、ジェームズに訴えかけるようにみつめた。

「なんで謝るの？　ヤダよ」


――俺は、謝らないよ。

ジェームズの声に、記憶の中の手塚の声が重なった。

カオルは眼を閉じた。

もう、同じ過ちを繰り返しはしない。

大きく息を吐き出し、カオルは眼を開けた。

「さっき、飛べって言ったよな？」

カオルは、ジェームズに語りかけた。

「自分が心で信じれば飛べるってえらそうに言ってたからな。結局、ハッタリだったけどさ」

ジェームズが、相変わらず感情のかけらもない瞳で見据えてきた。

「わかった。証明しなきゃな。飛ぶよ」

カオルは明るく言うと、窓際に歩いた。

「飛ぶって⁉　嘘！」

「冗談でしょ⁉」

「窓のほうに向かってるよ！」

「なんでなんで！」

「本気じゃないよね⁉」

生徒達が、ざわつき始めた。

窓を開け、桟に片足をかけたカオルはジェームズのほうを振り返った。

「その代わり、僕が飛んだら、ホームルームを妨害したことみなに謝れ。いいな？」

ジェームズの表情に、微《かす》かに戸惑いのいろが浮かんだ。

「アホくさ。マジで言ってんのか?」

「ああ、本気だ。アホくさかろうがなんだろうが、僕は身体を張ってお前達と向き合うって決めたんだ。あ、そうそう、自己紹介の続き……僕の短所は、無鉄砲で熱血馬鹿なところだ」

カオルは白い歯を覗《のぞ》かせ、片目を瞑《つむ》った。

☆

「先生! だめだって!」

「やめてください!」

「死んじゃいますよ!」

「誰か止めて!」

生徒の声を背に受けながら、カオルは眼下の校庭を見下ろした。

昔から、運動神経には自信があった。

中学生の頃に、悪友と度胸試しにこれくらいの高さから飛び下りたことは何度かあった。

だが、そのときはマットや布団など、クッションになるものを敷いていた。

いまカオルが飛ぼうとしている校庭には、もちろん、マットや布団もない。

着地を失敗すれば骨折はもちろんのこと、最悪、命も危険にさらされる。
しかし、ここは飛ぶしかない。
馬鹿げている。
百人中百人そう言うだろう。
だが、教育にはときに馬鹿げたことも必要だ。
眼を閉じ、深く息を吸い、吐き出した。
眼を開けた。

必ずできる。絶対できる。

カオルは心で念じた——意を決して飛んだ。

空が青い。

そんなことが、頭に浮かんだ。

☆

「捻挫《ねんざ》で済んで、奇跡よ」

養護教諭の石山《いしやま》奈々子《ななこ》が、包帯を巻き終えるとカオルの足首を叩いた。

「痛っ！　優しくしてくださいよっ」

カオルは、半べそ顔で抗議した。

「二階の窓から飛び下りるような無茶やったくせに、これくらい我慢しなさい」

奈々子は、弟を諭す姉のように言った。

肌が浅黒く、眼も口も大きな奈々子は南国が似合う女性だった。

ハイビスカスを髪につけたら、完全に日本人にはみえなくなる。

年はカオルとそう変わらないはずだが、サバサバとした姉御肌の雰囲気が上にみせている。

「それにしても、生徒が言ってたこと本当？　有言実行のために窓から飛び下りたって？」

奈々子が、グラスに注いだ麦茶を差し出しながら訊ねてきた。

カオルはグラスを受け取り、頷《うなず》いた。

「馬鹿ねぇ。生徒には、たとえ話として言ったことでしょう？」

「はい。心で真剣に願ったことは必ず叶うって」

「だからって、飛べるって心で願って飛べるなんて、誰も思わないわよ」

呆《あき》れたように、奈々子が言った。

「でも、そうしなければ、ある生徒の信頼を失いそうでね、怖かったんです」

「もしかして、その生徒って桜井君のこと？」

「どうして、わかったんですか⁉」

カオルは、驚きを隠せずに素頓狂《すっとんきょう》な声を出した。

「そう言えば、一文字先生は赴任してきたばかりだから知らないのね。桜井ジェームズ君は、中学時代から評判の問題児なの。藤城君っていう札付きの不良が去年入学したときに続いて、教頭先生は頭を抱えていたわ」


──先公さ、あんた、よそから赴任してきたんだろ？　ってことは、ここじゃ俺らが先輩だ。あとからきたくせにえらそうにしてんじゃねえぞ、こら！

今朝、校庭の隅にたむろしていた四人の不良グループのリーダー格──藤城の怒声が鼓膜に蘇《よみがえ》った。

「藤城は札付きの不良って言われて納得な感じはしますけど、桜井はそうはみえないんですよね」

カオルは、藤城とジェームズを思い浮かべながらひとり言のように呟いた。

「たしかに、それは言えるわね。たとえるなら、藤城君が表の番長タイプで桜井君が裏番長タイプかな」

奈々子の説明は、的を射ていた。

藤城はひと目みて不良とわかる容姿だが、ジェームズは違う。

優等生にもみえないが、少なくとも札付きのワルというふうには外見から思われることはない。

ふたりに共通しているのは、問題児なのに勉強ができるという点だ。

「彼らは、知り合いなんですか？」

「知り合いかどうかはわからないけど、中学は違うわね。まあ、桜井君は入学したばかりだから、接触するとしてもこれからじゃないかな。赴任早々、大変なクラスを受け持ったわね。早速、ホームルームで揉《も》めたなんて、前途多難ね」

奈々子が、同情の視線を向けてきた。

「前途多難だとは、思いません。逆に、燃えますよ」

「そういえば、聞いたわよ。朝の職員ミーティングでも、藤城君達を庇《かば》って教頭や村松先生とやり合ったんだって？」

思い出したように、奈々子が胸の前で手を叩いた。

「別に、庇うつもりはありませんでした。ただ、藤城のことを悪性腫瘍呼ばわりしてたんで、それは違うと思って」

「生徒のために上司とぶつかるなんて、平成にはいないタイプの教師ね」

奈々子が、呆れたように言った。

「そんな大層なものじゃなくて、生徒とぶつかり合いながらもともに成長してゆく……それが、僕の中での教師像なんです」

「ほんと、一文字先生って、昭和の学園ドラマの先生みたい。っていうか、有言実行のために窓から飛び下りるなんて、ドラマでもそうないけどさ。でも、これからが大変よ。このあと、職員室に呼ばれてるんでしょう?」

「はい、もう、そろそろ行かないとまずいですね」

カオルは、まもなく正午を指す壁掛け時計に視線をやった。

カオルが保健室で手当てを受けている間、指導教諭の村松が一年A組の生徒に事情を聴いているはずだった。

「それにしても、運がいい人ね。落下先の植え込みがクッション代わりになったなんてさ。さっきも言ったけど、普通、二階から飛び下りたら捻挫くらいじゃ済まないわよ。複雑骨折になって松葉杖《まつばづえ》生活になるか、最悪、死んでたかもね」

奈々子の言う通り、植え込みが落下の衝撃を吸収し、カオルは軽傷で済んだ。

だが、偶然ではなく、植え込みを狙《ねら》って飛んだのだ。

「運動神経だけは、自信があるんです」

カオルは、自慢げに言った。

「でも、これは応急手当だから、すぐに病院に行ってきちんと診てもらわないとだめよ」

「学校終わったら、行ってきます。ありがとうございました」

「あのさ」

礼を述べて保健室を出ようとしたカオルは、奈々子の声に足を止めた。

「なんです⁉」

「あなたみたいな面白い先生、滅多にいないからさ、辞めないでよ」

奈々子が、照れ隠しか、ぶっきら棒に言った。

「クビになっても、辞めませんよ」

カオルはニッと歯を剝き出し、保健室をあとにした。

☆

張り詰めた空気というのは、まさに、こういう空気のことを言うのだろう。

教頭……清水のデスクと向き合う格好で座るカオルは、ぼんやりとそんなことを考えていた。

清水の傍らには、大臣を警護するＳＰさながらに村松が腕組みをして立っていた。

各教科の担任教諭は、自分の席に着き事の成り行きを見守っていた。

「一文字先生……君は、なんて馬鹿なことをしてくれたんですか！」

期待を裏切らない清水の金切り声が、重苦しい沈黙を切り裂いた。

「お騒がせしまして、すみませんでした」

カオルは、深々と頭を下げた。

「すみませんでしたで、済みませんよ！　あなたは、ホームルームの時間に、生徒の制止を振り切り、二階の教室から飛び下りたんですよ⁉　そんな三流漫画の主人公でもやらないような馬鹿なことを、君は生徒の前でしてしまったんですよ⁉　村松先生が一Ａの生徒に事情を聴きましたが、心の底から念じればどんな願いも叶う、ってことを問題児達に証明してみろと詰め寄られていきなり窓から飛んだっていうのは、本当ですか⁉」

清水の言葉に、事情を知らない教諭達が驚きの声を上げた。

「そんな短絡的な流れではありませんが、大筋は間違ってません」

「短絡的であろうがなかろうが、生徒の前であんな馬鹿な真似《まね》をやっていいってことにはならないんですよっ。とりあえず聞いてあげますから、事情説明をしてください！」

顔をピンク色に染めて、清水が怒声を浴びせてきた。

カオルは、ホームルームでのジェームズと弘とのやり取りを思い返しながら話した。

説明を聞いている間、清水の顔色がピンクから朱に変化した。

隣で仁王立ちしている村松のほうは、眉間《みけん》に深い縦皺《たてじわ》を刻んでいた。

「たしかに、僕のやった行為は教師としてよくないことです。でも、生徒達に……とくに、桜井には身体を張って証明したほうがいいと判断しました」

「桜井って、あの桜井ジェームズのことですか？」

清水が、不快感を露骨に顔に表した。

「はい。以前の学校で、桜井によく似た生徒がいまして。そのときの経験を踏まえて……」

「その生徒も桜井も落ち零れでしょうに！　学業を舐《な》めてる落ち零れのために、教師が窓から飛び下りるという大失態を、必要な生徒達にみせてしまうなんて……」

カオルを遮った清水が捲《ま》くし立てると、怒りに震える唇を嚙み締めた。

「落ち零れなんて言いかたは……」

「君の偽善に付き合ってる場合じゃありません！　村松先生、言ってやってください！」

ふたたびヒステリックにカオルを遮った清水が、村松にバトンを渡した。

「一文字先生、君が問題児に真正面からぶつかる熱血先生を気取るのは勝手だが、生徒が真似したらどうするんだ？　自分がやったことだから、生徒にだめとは言えない。君は悪運強くて捻挫で済んだが、生徒は死ぬ可能性がある。もしそんなことになったら、どう責任を取るつもりだ？　責任なんて、取れるわけないよな!?　有言実行を証明するためなら、車に飛び込んでもいいのか？　君のやったことは、それと同じことなんだよ！」

村松の言葉が、ヘビー級ボクサーのボディブローさながらにカオルの内臓にダメージを与えた。

この件に関しては、村松の言い分が正しかった。

口先だけではなく、ジェームズや弘に身体を張って向き合うところをみせたかった。

これがドラマなら感動的な展開になるだろうが、現実は違う。

村松の言う通り、先生がやったんだから、と真似をする生徒が出てくる可能性もある。

生徒のために、と言いながら、自分の眼にはジェームズしか入ってなかったのではないか？

「先生方は、今回の一文字先生の行いをどう思われますか？　順番に、ご意見を聞かせてくださ い」

清水は、数学教諭の小峯を促した。

「いやいや、職員ミーティングといいホームルームといい、生徒思いの先生は言動が違いますな。我々みたいに問題児に厳しくあたるんではなく、海のように深く空のように広い心で接してあげる……教師の鑑《かがみ》、と言ってあげたいところなんですが、村松先生がおっしゃる通り、万が一生徒が真似したら、ということを考えないあたり、教師失格ですな」

吸血鬼のように青白く不健康そうな小峯が、皮肉っぽい言い回しをして鼻を鳴らした。

「そうね。あなた、ドラマや漫画の見過ぎよ。現実の教育では、そんなパフォーマンスは役に立つどころか害悪にしかならないし、みんなで支え合って……なんて奇麗事言ってると救えるはずの生徒も救えないものよ。いい？　全員を救うなんて理想論はフィクションの中の話で、ノンフィクションでは取り除かなければならない生徒もいるの。美しい花を咲かせたいならさ、養分吸い取られないように雑草を取り除くでしょ?」

英語教諭の石野が、カラスは黒くて白鳥が白いことを説明するかのように、当然、といった口調で言った。

「僕の行動が軽率だったことは認めますが、桜井達を雑草扱いするのはやめてください」

カオルは、躊躇《ちゅうちょ》なく釘《くぎ》を刺した。

自分が教師として反省しなければならないからといって、生徒を侮辱していいことにはならない。

「えらそうにするんじゃありません!」

清水が、金切り声で話に割って入ってきた。

「自分の愚かで浅はかで稚拙な行為を素直に反省するなら大目にみてあげようと考えていましたが、君は甘やかすと図に乗るタイプのようですね。今回の一件をPTA会議にかけることを校長に進言します。議題は、一文字先生の進退問題についてです」

清水の言葉に、職員室にどよめきが起こった。

――どんなことでも、どんな相手ともわかりあえるという関係はドラマの中だけの話で現実には不可能です。わかりあえない生徒もいる……新しい学校では、冷めた眼を持つことをお勧めします。この忠告は、私の餞別代わりと思ってください。

光枝校長の声が、胸の痛みを伴い蘇った。

彼女の忠告を守っていたらこんなことにならなかったのかもしれない、という思いと、事なかれ主義で生徒よりも保身を優先するのは間違っている、という相反する思いがカオルの心を綱引きした。

本当に、そうなのか？

不意に、声がした。

本当にそれが、生徒を優先していることになっているのか？

自分が全力で生徒と向き合っているという、自己満足に浸りたいだけではないのか？

自己批判の声が、カオルにクエスチョンを投げかけた。

——僕は、諦《あきら》めない。お前とわかり合えるまで、何度だって足を運ぶつもりだ。

学校に出てこずにゲームセンターに入り浸る手塚のもとに、カオルは毎日足を運んだ。手塚は問題児と言われていたが、いわゆる不良ではなく、地元のヤンキーとつるんだりするというタイプではなかった。

——何度きても、俺、学校行く気ないからさ。

——どうして、学校にきたくないんだ？　お前が、イジめられてるわけないだろうしな。

——あたりまえじゃん。俺には無駄な時間だから、行かないだけさ。

——こうやって、昼間からゲームセンターに入り浸ってることは無駄な時間じゃないのか？

——ああ。学校なんか行くより、よっぽどためになるよ。

——じゃあ、どうためになるのか、僕もつき合うことにするよ。

ゲーム卓のスロットルに硬貨を入れるカオルを、手塚が弾《はじ》かれたようにみた。

——ふざけんな、帰れよっ。

——お前が歩み寄ってくれないから、僕が歩み寄るのさ。

——それって、俺のためか？

手塚が、真剣な瞳でみつめてきた。

——あたりまえじゃないか。

——そうかなぁ。俺には、先生がそうしたいからしてるようにしかみえないけどな。

——……どういう意味だ？

動いてんだろ？

――だから、俺がそうしてほしいかどうかってことより、自分がそうしたほうがいいって思いで

いまでも、手塚の言葉が頭にこびりついて離れなかった。

「あの、いいですか？」

音楽教諭の明日香が、遠慮がちに手を上げた。

「江口先生、どうぞ」

清水が、面倒臭そうに明日香を促した。

「一文字先生が窓から飛び下りたっていうのは、たしかに褒められた行為ではないと思います。ただ、それは生徒と全力で向き合っているという理由によるものなので、今回の一件だけで進退問題というのはひどいと思います」

明日香が、声を震わせながらも自らの意見を口にした。

「また、一文字先生を庇うんですか？　もしかして、気があるんじゃないんですか？」

清水が、下卑た薄笑いを浮かべながら言った。

「そ、そんなことありません！」

明日香が、頬を紅潮させ否定した。

「まあ、江口先生がそこまで言うなら、私の独断だと言われたくないので、多数決を取ります。

一文字先生をＰＴＡ会議にかけることに賛成の先生は挙手してください」

清水が言うと、小峯と石野、物理教諭の室井と日本史教諭の菊地、公民教諭の加賀《かが》らが手を上げた。

「ふたり以外は全員賛成なので、反対意見の決を取る必要はありませんね」

清水が、勝ち誇ったように明日香と体育教諭の中村をみた。

「では、早速、これから校長のところに……」

清水の言葉を遮るように、職員室の扉が開いた。

「カオル先生を辞めさせないでください！」

知念憂を先頭に、一年Ａ組の生徒が職員室に入ってきた。

「なんですかっ、君達！　いまは、会議中ですよ！」

清水が、生徒達を一喝した。

「カオル先生は、本当は、窓から飛んだりしたくなかったはずです！　カオル先生は、桜井君に言いました。僕は身体を張ってお前達と向き合うって決めたって。私達も、びっくりしました。だって、いきなり二階から飛び下りる人なんてみたことないですから。でも、あのとき桜井君に思いを伝えるには、そうするしかなかったんだって……カオル先生は、私達に命を懸けて思いを伝えてくれたんです！」

憂が、瞳を潤ませ熱っぽい口調で訴えた。

「僕達のために二階から飛んでくれるなんて、ジャッキーチェンだってやってくれません！」

百五十センチにも満たない小柄な二階堂《にかいどう》が、女子みたいな高い声で憂に続いた。

「マジありえないって思いましたけど、でも、こういう先生もありかなって」

二階堂とは対照的に百八十以上ありそうなモデル体型の風間《かざま》が気障《きざ》な口調で言った。

「お前らが口出す問題じゃない！　早く教室に戻らないと、お前らの親を呼び出すことになるぞ！」

村松が、野太い怒声で生徒達を恫喝《どうかつ》した。

「親を呼ばれても、私達戻りません！」

三つ編みに眼鏡の優等生キャラクターの倉田《くらた》ひよが、村松に反発した。

「僕も！」

「俺もここにいます！」

「カオル先生を許してくれなきゃ戻りません！」

生徒達が口々に言いながら、清水と村松の前に歩み出た。

お前達……。

カオルの心は、マグニチュード10クラスの感動に打ち震えていた。

自分のために生徒達が教頭と指導教諭に立ち向かってくれている姿を目の当たりにしたカオルは、教諭として失いかけていた自信を取り戻した。

「君達、これ以上、言うこときかないと停学にしますよ！　停学になりたくないなら、いますぐに戻りなさい！」

清水が、七三分けの髪を振り乱し喚《わめ》いた。

「停学になりたくないですっ。でも、私達のために命を懸けたカオル先生を辞めさせるくらいなら、停学になっても構いません！」

憂が、清水に負けないくらいの大声で叫んだ。

「お前達……お前達……こんな僕のために……ありがとう！」

滝のように溢《あふ》れる涙――カオルは椅子から立ち上がり、人目も憚《はばか》らず泣いた。

3

ラインストーンがちりばめられた派手なパンプスと「キティちゃん」のピンクのサンダル――沓《くつぬ》脱ぎ場に揃えられた見慣れぬ二足に、カオルは不吉な胸騒ぎに襲われた。

『やっぱ、「ビー・バップ」は最高だわ！』

『静香はトオル派だったっけ？』

リビングのドア越しに聞こえる会話に、不吉な予感は確信に変わった。

「こんな時間から……まったく、勘弁してくれよ……」

カオルはため息を吐き、捻挫した右足を引き摺《ず》りながら廊下を進んだ。

『ちげぇーよ！　あたしはヒロシ派！』

『えー！　トオルのほうが渋くてかっこいいじゃん！　ヒロシってさ、馬鹿っぽいじゃん！』

『そうそう、私もトオルがいいな。ヒロシってさ、無鉄砲だよね？』

『あんたら、男を見る眼がねえな。ヒロシのほうが一直線って感じで男らしいじゃん！　それに、無鉄砲じゃなくて度胸がある男だっつうの』

ドアの前に佇《たたず》むカオルは、ふたたびため息を吐いた。

四十を目前にした女性の言葉遣いとは思えなかった。

会話だけ聞いていると、グレた中学生の娘の部屋ではないかという錯覚に陥りそうだ。

声から察して、美月《みつき》と麗《れい》に違いない。

そのまま素通りして二階に行こうかとも考えたが、思い直した。

挨拶《あいさつ》にもこないのかと、あとから面倒なことになるのはごめんだ。

カオルはドアノブに手をかけ、深呼吸を繰り返した。

「いらっしゃい！」

カオルは、溌剌とドアを開けた。

赤地に金の刺繍《ししゅう》の入った「D&G」のセットアップ姿の静香、胸に「キティちゃん」のワッペンが貼《は》られたピンクのパーカー姿の美月、懐かしの真紅のボディコン姿の麗――ソファに座り酒盛りをしていた昭和の地方都市のヤンキー臭漂う三人の視線が、一斉にカオルに集まった。

テレビには、昭和ヤンキー達のバイブル……「ビー・バップ・ハイスクール」が流されていた。

「カオルも呑むか?」

美月が、缶ビールを翳《かざ》した。

「いえ、僕は明日の授業に備えてやることがあるから、遠慮しとくよ」

カオルは、苦笑いしながら言った。

「なんだよ、家に仕事持ち込むタイプか? 相変わらず、堅物で面白みのねー奴だな。一杯くらいいいじゃねえか?」

麗が、怪しい呂律《ろれつ》で絡んできた。

彼女は、酒癖が悪いのが困りものだ。

「そうだそうだ! カオル! 男は駆けつけ三杯! あたしに恥かかせんのか!?」

ゆらゆらと立ち上がり、据わった眼で睨《にら》みつけながら缶ビールを差し出してくる静香。

およそ母親のセリフとは思えなかった。

静香の酒乱ぶりも、麗に負けてはいない。

三人は、中学生時代からのヤンキー仲間で二十年以上も「友情」が続いている。

「あら？　あんた、その顔どうしたんだ？」

静香が、缶ビールを呷《あお》りながらカオルの頬に貼られた絆創膏《ばんそうこう》を指差した。

できるなら、絡む前に気づいてほしかった。

「教室の二階から飛び下りたんだ」

カオルの告白に、静香がビールを噴き出した。

静香に事情を話せば面倒なことになるのはわかっていたが、嘘は吐けない性分なので仕方がなかった。

それに、問題の多い母親だが、カオルが迷ったり悩んだりしているときには的確なアドバイスをくれる。

もっとも、的確なアドバイスというのは、一文字家独自の考えに基づいたものだ。

一、世界中を敵に回しても正義を貫け！
二、長いものに巻かれず真実を貫け！
三、国王でもホームレスでも同じ態度で接する人間になれ！

静香から叩き込まれた「一文字家の教訓」は、一貫していた。

カオルの熱血で一本気な性格は、母親譲りだった。

言葉も行儀も素行も悪いが不器用で正義感の強い静香を、カオルは尊敬していた。

「飛び下りたって……なんで⁉」

我を取り戻した静香が、血相を変えて訊ねてきた。

「春だから、ここが陽気になったんじゃね？」

美月が、自らの頭を指差し茶化すように言った。

「春だからじゃなくて、カオルのおつむはいつも陽気なんだよ」

麗が、手を叩きながら爆笑した。

物心ついたときから、ふたりにはこうやっておもちゃにされてきたので慣れていた。

「おらっ、ここはふざけるとこじゃないんだよ！」

静香がドスの利いた声で怒鳴ると、美月と麗が笑い止《や》んだ。

さすがは、レディースのヘッドをやっていただけのことはある迫力だ。

「詳しく話してみな」

静香が自分の隣に座るように促した。

「今日、新しい学校の初日のホームルームで……」

カオルは、ホームルームでの生徒達とのやり取りを事細かに話した。

——いまなら、まだ間に合う。停学はなしにしてやるから、いますぐここから出て行きなさい！

村松の怒声が、職員室に響き渡った。

——停学になっても構いませんっ。カオル先生を、許してください！　じゃないと、私達、ずっとここにいます！

ジェームズと弘を除く生徒全員が自分のために職員室を占拠する光景に、カオルは心が震えた。

——あなた達、望み通りに停学にしてあげます！

村松を押し退《の》け、生徒達の前に立ちはだかった清水がヒステリックに喚いた。

——それは、教頭先生が決めることではありませんよ。

突如職員室に現われた校長の内海千恵《うつみちえ》を認めると清水のもともと生白かった顔がいっそう蒼白《そうはく》になった。

——お言葉ですが校長、こんなわがままを許していたらほかのクラスの生徒に示しがつきません！

——私は、わがままとは思いません。むしろ、美しい光景じゃないですか？　生徒達が先生を助けようと職員室に直談判《じかだんぱん》に押しかけるなんて、ドラマくらいでしかありませんよ。

千恵校長が、微笑《ほほえ》みを湛《たた》えながら言った。

——なにをそんなに呑気《のんき》なことをおっしゃってるんですかっ。校長のお耳にも入れましたが、そもそも一文字先生は、有言実行を証明するためとかなんとかわけのわからないことを言って、二階の窓から飛び下りたんですよ！　教師が、しかも生徒の前でです！　ＰＴＡ会議にかけるのは、当然のことですっ。

七三髪を振り乱し、清水が猛烈に抗議した。

――あなた達は、どうして先生を許してほしいとお願いするの？

千恵校長が、生徒達に訊ねた。

――教頭先生にも言いましたけど、カオル先生は私達のために危険なことをやってくれたんです。口にしたことを守るために二階の窓から飛び下りてくれる先生なんて、世界中探してもどこにもいません。お願いしますっ。先生を、辞めさせないでください！

憂が、熱っぽい口調で訴えた。

――教頭先生。このコ達の思いを蔑《ないがし》ろにはできません。責任は私が持ちますから、一文字先生の件は任せてください。いいですね？

清水が、渋々ながら頷いた。

――それから、一文字先生。情熱的な教育は立派だと思いますけど、無鉄砲なことはだめですよ。もう二度と、こんな無茶をしないと約束するなら、今回のことはお咎《とが》めなしにします。

千恵校長の言葉に、生徒達が歓声を上げた。

――こ、校長！　勝手に決められたら、困りますっ。

清水が、血相を変えて千恵校長に詰め寄った。

――校長の私が責任を取ると言っているんです。

千恵校長が、毅然《きぜん》とした表情で言った。

――わかりました。今後、一Aでなにか問題が起きたら、責任を取って頂きますからね！

清水は吐き捨てるように言うと、生徒達を押し退け職員室をあとにした。

――ありがとうございました。校長先生には、絶対にご迷惑はかけませんから。それから、みんな……僕のためにこんなに一生懸命になってくれて、ありがとう……ありがとうな！

カオルは感極まり、号泣した。


「思い出し泣きしてんのか？」

麗が、カオルの目尻《めじり》に滲《にじ》む涙をみてからかった。

「カオルちゃんさ、そのジェームズっていうワルのために二階から飛んだってわけ⁉」

美月が、驚きに眼をまん丸にした。

「桜井のためだけってわけじゃなくて、口先だけの大人だって思われたくなかったんだ。僕の子供時代の気持ちを思い出してみても、やっぱり、言ってることとやってることが矛盾してる大人は信用できなかったし、傷つきもした。六歳の自分が、教えてくれたんだ。そんな大人になっちゃだめだって。だから、とんでもないことだとわかっていたけど、飛ぶことを決意したのさ」

「呆れた……それ、マジで言ってんの？」

麗が、金に染めたドレッドヘアを大きく振った。

カオルは頷いた。

「心で願ったことは叶うって言ったことでさ、じゃあ、心で願えば空も飛べるかなんて、その桜井ジョニーってガキの屁理屈じゃん。そんなもん受け流しても、生徒からの信用は失われないって」

「たとえ九十九パーセントは屁理屈でも、一パーセントの期待に応《こた》えたいんだ。それに、彼の名はジョニーじゃなくてジェームズだ」

「麗の言う通りだって。思春期のガキなんて、女とヤルことと大人に反抗することしか頭にないんだから。期待なんて、一パーセントだってあるもんか。あんたは、桜井ジャクソンのおもちゃにされたのさ」

美月が苦笑いを浮かべながら、麗に追従した。

「大人にたいしての期待が〇パーセントなら、なおさら有言実行しないとね。それに、彼の名はジャクソンじゃなくてジェームズだ」

「呆れたお人好しだね、カオルちゃんは。損するばっかだからやめときな」

麗が、諭すように言った。

「お前ら、余計なこと言うんじゃねーよ！　不器用な単純馬鹿だけど、裏表ない熱血一直線で生徒と向き合うところがカオルのいいところなんだからさ」

美月と麗を一喝する静香に、カオルは胸が熱くなった。

「まあ、『ビー・バップ』のヒロシと同じで脳みそスカスカだから一直線に行くほうがいいかもな」

「たしかに、駆け引きとか器用なことできる頭はねえだろうな」

美月と麗が、競い合うように爆笑した。

「ちょっと！　本当のこと言ったらカオルがかわいそうだろ！」

静香のひと言に、カオルは芸人のベタなリアクションさながらにソファからずり落ちそうになった。

「ひどいな。お袋まで」

「なにもひどいことはないさ。馬鹿だろうが単細胞だろうが、駆け引きなしに正面から生徒と向き合うのがあんたのいいところだろ？」

「褒められてるんだか、けなされてるんだかわからないな。っていうかさ、ここは教師の家なんだから、もうちょっと世間体ってやつを考えてくれよ。そんな派手な格好して酒呑んで馬鹿騒ぎしてたら、悪い評判が広がっちゃうだろ」

カオルは、三人を見渡しながら苦言を呈した。

「は⁉　私らがなに迷惑かけてんだよ⁉　髪染めて酒呑むのが犯罪だっつうのかよ⁉」

美月が、据わった眼でカオルを睨《ね》めつけた。

「そうだそうだ！　カオルちゃんよ、あんたが洟垂《はな》れてるときから遊び相手になったりおもちゃ買ってあげたりさ、家族同然のつき合いしてきた私らを、大人になったら邪魔者扱いするってーの？　それって、ずいぶんじゃねえか⁉」

麗が、ドスの利いた声でカオルに詰め寄った。

「だいたいさ、あんた、気にし過ぎなんだよ！　ヤンキーだろうが立派にあんた育ててんだから、それでぐちゃぐちゃ文句言ってくる奴いたら喧嘩《けんか》上等だよ！」

静香は母親なのにふたりを止めるどころか、一番、過激に怒っていた。

どうやら、ヤンキー特有の反骨精神という名の地雷を踏んでしまったようだ。

厄介なことになった。

以前も、同じようなパターンで地雷を踏んでしまい、三時間ほど集中砲火を浴びてしまったことがある。

しかも、酒が入っているのでなおさら質《たち》が悪い。

「いや……そういう意味じゃなくてさ。美月おばさんや麗おばさんには本当に感謝して……」

「誰がおばさんだ！」

「こんな美人のネーちゃん捕まえてなに言ってんだよ！」

熱《いき》り立つ美月と麗――二発目の地雷を踏んでしまった。

「いやいやいや、ごめん、そんなふうに思って……」

慌てふためくカオルの言い訳を、携帯電話の着信音が遮った。

渡りに船——カオルは、心で安堵《あんど》の吐息を吐きながら携帯電話を耳に当てた。

『もしもし、江口です……』

受話口から流れてきたのは、音楽教諭の江口明日香の声だった。

「あ、お疲れ様です」

『すみません、勤務外に電話なんかしてしまって……』

明日香が、申し訳なさそうに言った。

「いえ、教師に勤務外もなにもありませんから。それより、なにかありましたか?」

『駅前に、風間君がいるんです』

「風間が、どうかしたんですか?」

カオルは、風間のモデルさながらの容姿を思い浮かべながら訊ねた。

『いえ……どうかしたわけじゃないんですけど、ただ、通行人にチラシを配っていて……ウチの学校はアルバイト禁止なので、先生のお耳に入れておいたほうがいいかと思って。もしよければ、私が風間君に声をかけて事情を聴いてみましょうか?』

「いえ、家から近いので、いまからすぐに向かいます。僕が到着するまで、すみませんけど風間をみててもらってもいいですか?」

『もちろんです』

「では、後ほど。……お袋、ちょっと出かけてくる」

「逃げんのか!?」

部屋を出ようとするカオルを、美月が呼び止めた。

「電話聞いてただろ？　生徒が駅前でチラシを配ってるって、音楽の先生から連絡が入ったのさ」

「音楽の先生って、女か？」

麗が、ニヤニヤしながら訊ねてきた。

「そうだけど……なんで？」

「歳《とし》はいくつだ？」

カオルの問いかけは無視して、麗が質問を重ねてきた。

「二十三、四じゃないの？　だから、なんでそんなこと気にするんだよ？」

「わざわざ生徒がチラシ配ってるくらいで電話してくるなんて、あんたに気があるね」

静香までもが、ニヤつきながら言った。

「ば、馬鹿言うなよっ。ウチの学校はアルバイトが禁止されてるから、報告してきてるだけだろ？」

「そんなもん、わざわざあんたを呼び出さないで自分が注意すりゃいいじゃないか？」

「だから、担任の僕の立場を考えてくれて、最初に連絡してくれただけで、呼び出したわけじゃないさ。もう、変な勘繰りはやめてくれよっ」

「なーにムキになっちゃって～。もしかして、カオルちゃん、音楽の先生にズッキューン!?」

美月が、指でピストルを作りカオルに向けて撃つまねをした。

「悪いけど、相手してらんないよ」

ため息を吐き、カオルはリビングを出た。

☆

カオルの家から最寄り駅までは普通なら徒歩十分もかからないが、いまは足を捻挫しているので倍の時間がかかった。
三、四メートル先の「セブン - イレブン」の駐車場に立っている女性……明日香が、カオルを認め頭を下げてきた。
「すみません、大変なときに呼び出してしまって……お怪我《けが》は、大丈夫ですか?」

明日香が、カオルの引き摺られた右足に視線を向けた。

「これくらい、平気ですよ。それに、ウチの生徒のことですから」

カオルは、当然、といった顔で言った。

透けるような白い肌、子犬を彷彿《ほうふつ》とさせる黒目がちで垂れ気味な瞳、高くはないが愛らしい鼻、ぷっくりとした唇……学校の外で改めてみる明日香は、なかなかの美形……。

カオルは、眼を閉じ眉間を押さえた。

自分は、なにを考えているんだ？

静香達が、おかしなことを言うからだ。

「具合が悪いんですか？」

明日香が、心配そうに訊ねてきた。

「眼にゴミが入っただけです。それより風間はどこに……？」

カオルは言葉の続きを飲み込み、明日香の指差す方向を視線で追った。

頻繁に車が行き交う通りを挟んだ駅前の歩道で、長身の少年が通行人にチラシを配っていた。

「たしかに、風間ですね」

観察していると、風間がチラシを渡しているのは十代と思しき少女ばかりだった。

「もしかしてバイトじゃなくて、パーティーとかですかね？」

明日香が、怪訝そうな表情で訊ねてきた。

「パーティー？」

「はい。私の兄は生活安全課の警察官なんですが、最近では、クラブとかで開かれるパーティーに高校生も出入りしてるそうで、青少年にドラッグが蔓延《まんえん》すると嘆いてました」

「ドラッグ⁉」

カオルは頓狂な声を上げた。

「もちろん、風間君がそうだと言ってるわけじゃ……」

「たしかめてみましょう」

カオルは明日香を遮り、通りを渡ってくる茶のチェックのスカートにワイシャツ姿の少女のあとを追った。

「あの、ちょっといいかな？」

カオルは、髪を茶に染め派手なメイクを施したギャルふうの少女を呼び止めた。

「なに？」

迷惑そうに眉間に皺《しわ》を刻み、少女が振り返った。

「悪いけど、そのチラシ、みせてくれない？」

カオルが言った瞬間、少女が表情を失った。

「あんたら、警察？」

「いや、高校の教師だよ」

「なんだ、センコーか。興味ないし捨てようと思ってたから、あげるよ」

ぶっきら棒に吐き捨て、少女はチラシをカオルに渡すと足早に立ち去った。

「なっ……」

チラシに視線を落としたカオルは、絶句した。

シルバーコース　おじさんに下着を売るだけで五千円！
ゴールドコース　おじさんと食事をするだけで一万円！
プラチナコース　おじさんと三十分添い寝するだけで二万円！
ダイヤモンドコース　詳細は採用後に説明します。

面接希望の方はギャルズパラダイス担当工藤《くどう》までお電話を！

ミニスカートの女子高生達が艶《なまめ》かしく腰を突き出す写真が印刷されているチラシを持つカオルの手が、小刻みに震えた。

「これって、もしかして……？」
チラシを覗き込む明日香の声は上ずっていた。
カオルは、明日香に頷いた。
視線を明日香から駅前に移すと、風間がチラシを渡した少女の背中を押し、繁華街の方面に歩き出していた。

「行きましょう」

カオルは明日香を促し、風間と少女のあとを追った。

4

「えー、これってさ、エッチなことするんじゃない?」

茶髪、紺のブレザー、赤いチェックのミニスカート……ギャル系の高校生が言うと、風間が唇に指を立てながら周囲に首を巡らせた。

「声が大きいって。それに、ウチはエロい店じゃないし」

風間が、ギャルに諭すように言った。

「風間君、ナンパですかね?」

明日香が、潜めた声で訊ねてきた。

風間達のテーブルとパーティション代わりの観葉植物を隔てた席で、カオルと明日香はカップルを装っていた。

駅前で怪しげな店のチラシを配っていた風間は、女子高生を呼び止め歌舞伎町《かぶき》のカフェへと誘った。

カオルと明日香も、風間に気づかれないようにカフェに入ったのだ。

「いや、キャッチでしょう」

カオルも、囁《ささや》きを返した。

風間のテーブルに声が届かないように、明日香とは互いの息がかかるほど顔を近づけていた。

この至近距離でみても、明日香の肌は陶器のようで毛穴もシミもなかった。

もし、あと五センチ顔を近づければ、彼女のふくよかで柔らかそうな唇に……。

カオルは、妄想を打ち消した。

まずい。

さっきから、急に明日香を女性として意識し始めていた。

「キャッチってなんですか?」

「スカウトマンが、ホステスの勧誘とかいかがわしいビデオに出演する女優の勧誘とかすることを言うんです」

「いかがわしいビデオって、どんなビデオですか?」

カオルの、コーヒーカップを口もとに運ぶ手が止まった。

一瞬、からかわれているのかと思いかけたが、明日香の無垢《むく》な瞳がカオルの疑心を打ち消した。

同時に、そんな職業を口にしたことを後悔した。

「えっと……その、あの、なんて言えばいいんだろう……男と女が……その……」

「アダルトビデオのことですか?」

言い淀むカオルに被《かぶ》せるように、明日香があっさりと言った。

「えっ……あ、ああ、そうそう、ア、アダルトビデオです」

カオルは、しどろもどろになった。

「いかがわしいビデオなんていうから、わかりませんでした。一文字先生は、アダルトビデオとか観《み》るんですか?」

あくまでも無邪気に、明日香が訊ねてきた。

「観るわけ……」

言いかけて、カオルは口を押さえた。

風間の存在を忘れて大声を出してしまいそうになった。

「ないですよ」

声のボリュームを落とし、カオルは言った。

嘘ではなく、そういった類《たぐ》いのＤＶＤは一度も観たことがなかった。

「風間君は、あの少女をどうしようと……」

「でもさ、おじさんに下着売るとかさ、超、エロいじゃん。援交とかあるんじゃね?　私、ウリはしないって決めてるからさ」

明日香の声を遮るように、ギャルの声が聞こえてきた。

「心配しなくても大丈夫だって。ウチの店は、そんなヤバい店じゃないから。もうすぐ、店長がくるから、いろいろ説明してくれるよ」

「風間君が働いているお店、援助交際とかやらせてるんでしょうか？」

明日香が、不安げな表情で訊ねてきた。

「このチラシをみているかぎり、胡散臭《うさんくさ》いですね。まったく、あいつは、なにをやってるんだ」

「風間君にも、なにか事情があるかもしれませんよ？」

「だからって、こんな怪しげな店でバイトするなんて……」

「そうですね。いけないことはいけないこととして叱《しか》らなければならないですね。でも、風間君の事情もわかれば、叱りかたが変わってくるのかなって。教育って、生徒に教えて育てるのと同じくらいに、生徒から教えられながら教師も育つことが大事だと思うんです。あ、なんだかえらそうなことを言って、すみません……」

明日香が、耳朶《みみたぶ》まで赤く染めて俯《うつむ》いた。

弱々しく頼りないイメージのあった明日香が、これほどまでに確固たる教育論を持っているとは驚きだった。

しかも、明日香の言葉はとても深く、人間的奥行きが感じられた。

同年代なのに、彼女のほうがよほど大人だった。

「江口先生は、僕とそう歳が変わらないのに凄いですね。生徒に教えられながら育つ……まったく、その通りだと思います。僕は、知らず知らずのうちに生徒達にたいして上から目線になっていたのかもしれません」

カオルは、猛烈に反省した。

まだまだ自分は、生徒のために身を捧《ささ》げ切れていない。

不意に、明日香が噴き出した。

「僕、なにかおかしなこと言いましたか？」

「ごめんなさい。一文字先生って、本当にまっすぐな人なんですね」

「馬鹿正直なだけです」

カオルは、自嘲的に笑った。

「一文字先生は、全然、上から目線なんかじゃありません。一文字先生ほど、生徒と真正面から向き合う人をみたことないです。私は口で言っているだけですけど、一文字先生は行動で証明しています。とても、素敵な先生だと思います」

「あっ、いや……そんな、僕なんて……」

「あ、お疲れ様です！」

カオルと明日香は、植木の隙間から向こう側を覗いた——風間が立ち上がり、二十代前半と思しき男性に頭を下げた。

男性はスーツ姿で髪をポニーテイルにし、真っ黒に陽焼《ひや》けしていた。

手首にはシルバーのブレスレットが巻かれ、耳にはピアスが光っていた。

「お待たせして、ごめんね」

陽焼け男性はフランクな感じで言いながら、風間の隣に座った。

「俺、店長の佐々木《ささき》。よろしく」

陽焼け男性……佐々木が、ギャルに名刺を差し出した。

「へぇーチャラチャラい店長」

「チャラいっつうか、イケてるって言ってほしいな。君、名前は？」

「梨亜菜《りあな》」

「梨亜菜ちゃん？　芸能人みたいな名前じゃん。っつーか、芸能人並みにかわいいね。お前、いいコ連れてきたな！　俺、テンションあがりっぱなんだけど！」

佐々木が、風間の肩を叩いた。

「店長ウケるんだけど！」

梨亜菜が、手を叩きながら爆笑した。

「梨亜菜ちゃんみたいな超激カワなコがウチでバイトしてくれると、嬉《うれ》しいんだけどな」

「このイケメンのおにいさんにも言ったんだけどさ、私、ウリはやらないよ」

「なにそれ？　俺はイケメンじゃねーの？」

佐々木が、イジけてみせた。

「店長もなかなかイケてるけどさぁ、彼はイケメン過ぎて激ヤバ！」

「はいはいはい、わかったよ。仕事の話に戻るけどさ、このチラシに書いてある通り、おっさんに下着売って五千円、食事デートで一万円、添い寝して二万円だから、ウリしなくても稼げるいいバイトだと思うよ」

言葉巧みに少女を騙《だま》そうとする佐々木に、カオルは怒りを覚えた。

「このダイヤモンドコースっていうの、なんなの?」

梨亜菜が、チラシを指差し訊ねた。

「ああ、それは、おっさんと一日デートして会社に二万だけ入れたら、あとは全部お小遣いにできるってコース」

「マジ!? じゃあさ、おっさんが五万くれたら、残りの三万全部貰《もら》っちゃっていいわけ?」

「ああ、いいよ。ただし、エッチしたらいくらとかなんとか言ってくる奴がいても、店としては無関係だから」

「無関係って、どういうこと?」

「たとえばさ、客によったらさ、エッチしてくれたら十万やるとかいう奴もいて、それに応じちゃう女の子もいるわけよ。店としてはそういう行為は禁止してるんだけどさ、デートを監視するわけにもいかないしさ、隠れてやられたらわかんないからさ。女の子の自己責任でお願いしますってこと。いやならエッチしなきゃいいだけの話。ウチには、梨亜菜ちゃんと同い年で、月に二百万くらい稼いでいる子がいるんだよ」

「二百万！　マジで⁉」

梨亜菜が、素頓狂な声を上げた。

「ああ、マジマジ。百万くらいなら、いくらでもいるよ」

「えーっ、そんな稼げるなら、ウリやってもいいかも！」

梨亜菜は、じょじょに佐々木のペースに乗せられていた。

「青少年を悪の道に引き込むなんて……許せない」

カオルのコーヒーカップを持つ手が怒りに震え、漆黒の液体が波打った。

「一文字先生、いまは我慢しましょ……あっ！」

明日香の声を置き去りに、カオルは席を蹴《け》っていた。

「君、こんなバイトしちゃだめだ！　帰りなさい！」

カオルは一直線に風間のテーブルに行き、梨亜菜に言った。

「誰だ、てめえ⁉」

佐々木が、それまでとは一転した修羅の形相でカオルを睨みつけてきた。

「一文字先生！」

風間が、驚愕《きょうがく》の声を上げた。

「あ⁉　風間、こいつ、先公なのか⁉」

「風間、お前も、こんなことやってちゃだめだろ⁉　僕と一緒に帰ろう」

風間の腕を摑もうとしたカオルの手首を、佐々木が摑んだ。

「おいっ、てめえ。いきなり出てきて勝手なことばかり抜かしてんじゃねえよ！」

佐々木が立ち上がり、怒声を浴びせてきた。

「僕は教師として、君のやっているような仕事を青少年にやらせるわけにはいかない！　梨亜菜ちゃんって言ったよね？　下着売ったり添い寝したり……お金がほしいからって、そんなことやっちゃだめだ！　学校でアルバイトが認められているとしたら、コンビニエンスストアとかファーストフード店とか……」

「そんなの、時給安くてやってらんないって！　だいたいさ、私はあんたの学校の生徒じゃないんだから、ほっといてよ！」

梨亜菜が、カオルに敵意に満ちた視線を向けた。

「自分の学校の生徒でも違う学校の生徒でも、大事な生徒に変わりはない。目の前で悪の道に引き込まれようとしている生徒がいるのに、知らん顔なんてできるわけがない！」

「おいおいおい、先公よ、てめえ、たいがいにしとけよ！　俺が、悪の道に引き込んでるってのか⁉」

佐々木が、カオルの胸倉を摑んだ手を前後に激しく動かした。

周囲の客が、好奇の視線を注いできた。

「君のやっていることが正しいかどうかは、心に訊いてみればわかるはずだ。強制はしないと言ってるが、お客さんのほとんどは援助交際を期待して女の子を指名していることをわかっているだろう？　女の子にその気はなくても、提示された金額を聞いて魔が差すことだってある。君は、女の子が売春するきっかけを作ってるんだよ」

カオルは、胸倉を摑んでいた佐々木の手を外しながら言った。

「は？　笑わせんな！　俺がきっかけを作っても、ウリをしねえ奴はしねえんだよっ。金積まれて欲に眼が眩《くら》んで援交する奴は自業自得だ」

佐々木が、軽蔑《けいべつ》するように吐き捨てた。

「間違った道に進もうとする青少年を正しい道に引き戻すのが、僕達大人の役目だろう？」

「てめえ、どっから目線で喋《しゃべ》ってんだ？　さっきも言ったが、ウリやる奴は自分で判断してやってんだよ。そんなにえらそうなこと言うならよ、アフリカとかベトナムとかに、もっとかわいそうなガキどもいるから、救ってやれよ？」

佐々木が、挑発するように言った。

「僕達の周りには、助けが必要な生徒が星の数ほどいる。とくに心の問題は、アフリカやベトナムの子が日本の子より病んでいるとはかぎらないよ」

「なんかさ、マザーテレサ気取ってるけどよ、もし風間がさ、そこの彼女をレイプしても、いまみたいに救ってやりたいとかなんとか言えるわけ？　もっと言えば、彼女を殺してもさ、てめえは風間の心を救うのか？」

佐々木が明日香に視線を投げ、口角を吊《つ》り上げた。

「そんな詭弁《きべん》を……」

「詭弁なんかじゃねえ！」

佐々木が、強い口調で遮ると腰を下ろし煙草に火をつけた。

気を静めるように、紫煙を深く吸い込んでは勢いよく吐き出すことを繰り返した。

カオルも、椅子に座った。

佐々木、風間とカオル、梨亜菜が向き合う格好になった。

「俺、高校生のときに三つ下の妹がレイプされたんだよ。レイプしたのは、俺の親友だった。家に何度か遊びにきてて、妹とも仲がよかった。俺が留守のときに、妹は襲われた。妹はショックで、いまも心療内科に通ってる。親友だった男は、車椅子の生活を送っている。事件のあと、俺が鉄パイプでボコボコにしてやったのさ」

佐々木が、暗鬱な表情で言った。

「妹さん、超かわいそう……」

梨亜菜の眼には、うっすらと涙が浮かんでいた。

「そいつ、歩けなくなってざまあみろですね」

風間が、吐き捨てた。

「そういう言いかたは、よくないぞ」

カオルは、風間を窘めた。

「だって、そいつは店長の妹さんをレイプしたんだから、歩けなくなるくらい当然ですよ。殺されればいいんですよ、そんな奴は」

「たしかに、彼のやった行為は許されることじゃない。一生かかっても、罪を償わなければならない。だからといって、殺されればいいって発想は危険だ。どんな人間でも、殺されていいという人間はいないんだよ」

「だから、先公は嫌いなんだよ。模範的なことしか言わねえ。妹はレイプされて、人生を台無しにされたんだ。当時の担任の先公は、地獄の底で喘《あえ》ぐ妹になにもしてやれなかった。だから、俺が仇《かたき》を取ってやったんだ。目には目をってやつだ」

佐々木が、暗い瞳でカオルを見据えた。

「そうだよ！　店長の言ってることのほうが正しいよ！」

「俺も、彼女と同じ意見です。一文字先生は、他人事《ひとごと》だからそんなこと言えるんですよ。レイプされた妹が自分の妹でも、そんなふうに犯人を庇うんですか⁉」

梨亜菜と風間が、カオルに敵意に満ちた視線を向けた。

犯人を殺したくなるほどに憎んでしまう……カオルにも、佐々木のやり場のない気持ちはわかる。

だが、わかるのとそれを実行するのは違う。

感情の赴くままに行動していたら、世の中、犯罪だらけになってしまう。

そして、この場には未成年の少年少女がいる。

カオルの導きかたひとつで、風間と梨亜菜の将来が決まってしまうかもしれないのだ。

「犯人を庇っているわけじゃない。罪を憎んで人を憎まず。目には目をで復讐《ふくしゅう》しても、へたをすれば自分が刑務所で人生を送ることになる。僕は、お前達にそんな人生を送ってほしく……」

「はいはいはい、先公の能書きはここまで！　俺は店に戻るけど、お前らどうする？」

馬鹿にしたように顔前で手を振った佐々木が、風間と梨亜菜に訊ねながら腰を上げた。

「私、店長の店でバイトするよ！」

「俺は、スカウトしてきます」

風間と梨亜菜も、席を立った。

「ふたりとも、待ちなさい。風間、『太陽高校』はアルバイトを禁止……」

「だったら、バイト料貰いませんよ。ボランティアならいいんですよね？」

風間が、挑むような眼でカオルを見下ろした。

「私の学校はバイトOKだし、それに、あんたは担任でもなんでもない無関係な人だから、梨亜菜のやることにごちゃごちゃ言われたくないわ」

「ってことらしいぜ？　熱血先生さん。んじゃ、バーイ」

おちょくったように言うと、佐々木が伝票をひったくりレジに向かった。

カオルは、店から出て行く三人の背中を見送ることしかできなかった。

「一文字先生、大丈夫ですか？」

正面に座った明日香が、心配そうに顔を覗き込んできた。

校則や担任という縛りがなければ、自分は彼、彼女を引き戻すことができないのか……？

少なくともふたりは、佐々木に共感した。

自分は結局、学校教育という枠の中でしか彼らと向き合うことができないのか？

無力感に苛《さいな》まれたカオルは、三人が消えたドアをぼんやりとみつめ自問自答した。

5

「愛知万博では、微生物によって分解される生分解性プラスチックでできた食器やゴミ袋を使用したことによって、七二〇トン分の二酸化炭素の排出を削減できたという。――ここで今日の授業のテーマ……」

カオルは言葉を切り、黒板にチョークを走らせた。

「『技術が道徳を代行するとき』について話し合ってみよう。八ページを読んでもらおうかな」

言いながら、カオルは生徒達を見渡した。

最後列の窓際の空席――風間の席で、視線を止めた。

――だったら、バイト料貰いませんよ。ボランティアならいいんですよね？

昨日のカフェでの風間の挑戦的な瞳が脳裏に蘇った。

学校が終わったら、風間の家を訪ねるつもりだった。

視線を、廊下側の最後列――もうひとつの空席に移した。

ジェームズも休んでいた。

「真中《まなか》」

カオルは、前列中央の席の真中友美《ともみ》を指名した。

「やっぱりトモを選んでくれたんだ！　トモがかわいいからでしょ？」

友美が立ち上がり、アニメ声で言うと両手で頬を挟み首を傾《かし》げた。

ツインテールに童顔の友美は、一Aの中でも際立つ陽気さだった。

「先生ってロリコンですか!?」

女子のような高い声――百五十センチに満たない二階堂が席を立ち囃し立てた。

「二階堂を指してないぞ、座りなさい。それから真中……」

「トモちんって呼んで！」

友美がウィンクすると、教室に指笛やざわめきが飛び交った。

「こらこら、大人をからかうんじゃない」

「カオルちゃん、照れてるの？　かわいぃ〜」

「友美、ふざけてばかりいると先生が授業を進められなくて困るでしょう？」

窓際の最前列の席――憂が、眉根を寄せて友美を窘めた。

「なによホームルームのときもカオルちゃんの前でいいコぶってさ。知念さんって……もしかして……」

友美が、ニヤニヤしながら憂の顔を覗き込んだ。

「な、なによ？」

「カオルちゃんのこと好きなんじゃない？」

「じょ、冗談じゃないわよ！　そんなわけないでしょう！」

憂が、耳朶まで赤く染めて否定した。

「ムキになるとこが怪しいわねぇ〜」

「はいはいはい、わかったわかった。真中。おふざけはここまでだ。八ページから読みなさい」

カオルは、幼子をあやすように友美を促した。

「はーい。カオルちゃんに嫌われたくないから読みまーす。――映画館や学校では通信妨害電波を発信して、ケータイを実質的に使えなくする方法が広がり始めている。これによって映画館や学校の静寂が守られるというわけだ。また、クルマの速度制御装置を制限速度以下になるよう設定しておけば、スピード違反をしなくて済む。速度制御装置を取り付けようと考えたのは道徳心から来たものだが、後はそれにお任せしておけばもはやクルマのスピードのことを考える必要がない」

「はい、そこまで」

「どう？　一度も噛まなかったよ！　女子アナみたいでしょ？」

友美が、おどけた表情で言った。

「噛む噛まないより、内容からなにを読み取れるかが肝心だよ。真中、ここまで読んでみて、君の感想を聞かせてくれるかな？」

「えー感想ですか？　便利な世の中になったなーって思います」

「うん。僕らが子供の頃には考えられなかったことばかりだね。中沢《なかざわ》はどう思う？」

カオルは、力士のように肥えた坊主頭の男子生徒——中沢に訊ねた。

「技術が進化して人間の代わりにいろんなことができるようになって、そのうち僕らはなにもしなくてもよくなるんじゃないかと思いました」

「通信を妨害する電波を発信して携帯電話を使えなくするなんて、スパイ映画みたいだよな。だけど、この評論を書いた学者さんは、技術が進化して便利過ぎる世の中になることにより生まれる問題があると言っている。篠田は、なにが問題だと思う？」

「俺!?」

頬杖をついてぼんやりしていた弘が、まさか自分が指されるとは思っていなかったのだろう、びっくりした顔で自分を指差した。

「今日はおとなしいな。悪ガキ仲間の桜井が休みで、寂しいか？」

カオルは、冗談めかして言った。

「別に。あいつのこと、よく知らねーし」

「そうか。じゃあ、質問に戻るけど、便利過ぎる世の中のなにが問題だと思う？」

「便利になって、問題なんてあるわけないじゃん」

弘が、興味なさそうに吐き捨てた。

「まあ、そういう考えかたもあるな。篠田と違う感想を持った者は手を挙げて」

カオルが言い終わらないうちに、真っ先に憂が挙手した。

「私は、この著者は、技術が進化し過ぎることで人間の道徳心が希薄になることに警鐘《けいしょう》を鳴らしているんだと思います」

憂が発言すると、生徒達がざわついた。

さすがは入試の点数が学年中で一番だっただけのことはある。

「なるほど。もうちょっと、詳しく説明してくれないか？」

「たとえば、二酸化炭素を削減する使い捨て可能な食器の発明は環境に優しい反面、私達の物を捨てるという罪悪感を薄れさせ、捨てないことで環境を守ろうという考えも奪ってゆきます。速度制御装置の発明も同じことが言えます。違反になるスピードが出ないことで、私達のスピード違反しないようにしようという意識が薄くなります。人間の道徳心というのは、してはいけない言動を認識することです。技術が進化することで、認識する必要がなくなると同時に道徳心も必要なくなります」

「人間に道徳心なんて、あると思ってんのか？」

教室の後ろから入ってきたジェームズが自分の席に腰を下ろし、人を小馬鹿にしたような笑いを浮かべながら憂に言った。

「なによ遅刻してきて、えらそうにさ」

憂が、ジェームズを睨みつけた。

「ほう、面白いことを言うな。どういう意味か、続きを聞かせてくれ」

「先生っ、桜井君は遅刻して……」

「意見を戦わせるのも大事なことだ。みんなも、ふたりの意見を聞いた上でどっちに賛成か、それとも、どっちの意見とも違うかを考えてくれ。じゃあ、まずはジェームズから」

「なんで俺が見世物みたいなことやんなきゃなんないんだよ？」

「怖いのか？　知念と意見を戦わせるのが？」

カオルは、わざと挑発的に言った。

「まさか。偽善ばかりの女のことなんて怖くないさ」

「なんで私が偽善ばかりなのよ!?」

憂の血相が変わった。

「お前、道にゴミ捨てない理由は?」

「そんなの、あたりまえじゃない。環境破壊になるし、掃除する人も大変になるし」

「だったら、外を歩くときに落ちてるゴミを全部拾ってるのか?」

「そんなこと、不可能に決まってるでしょう!?」

「じゃあ、自分がゴミを捨てないって自己満足だけか? 環境のことや掃除する人のこと思ってんなら、落ちてるゴミが眼に入るたびに我慢できなくて拾うはずだろ? 大変だからってゴミを無視するなら、環境破壊がどーのこーのなんて言うなよ」

ジェームズが、馬鹿にしたように笑った。

「落ちてるゴミを全部拾わないことが環境破壊を考えてないっていうのなら、日本中の人全員が考えてないってことになるわ!」

憂が、激しい口調でジェームズに抗議した。

「そうだよ。偽善じゃない奴なんて、世界中のどこ探してもいないよ。だから、ポイ捨てしても環境破壊にならない容器を発明した人は正しいと俺は思う。人間なんて、その程度の生き物さ」

ジェームズは、冷めた眼を憂に向けた。

「すべての人間は偽善者で道徳心はないなんて言う桜井君と、『技術が道徳を代行するとき』について議論できないわ。先生、意見を戦わす相手をほかの人に替えてくださいっ」

憂が、嫌悪感を隠そうともせずにカオルに言った。

興味本位で、憂とジェームズを選んだわけではない。

色でたとえるなら白と黒……対極的なふたりが意見を戦わせることで、ひとつのテーマをあらゆる角度で話し合えるという利点がある。

もうひとつは、冷めたジェームズを自然な形で授業に参加させるためだった。

「お前、世界中で自分が一番正しい人間だと思ってないか？」

ジェームズが半笑いの顔で言った。

「そうは思ってないけど、桜井君より道徳心があるのは確実よ。偽善者じゃないわ」

「お前、犬が近所のガキに棒で殴られてたらどうする？」

唐突に、ジェームズが憂に訊ねた。

「助けるに決まってるじゃない」

「だったら、保健所でガス室送りになるのを待ってる犬や猫も助けろよ」

「え……」

「犬が四万頭近く、猫が十二万匹以上……去年一年で殺処分された数だ」

ジェームズが、試すような眼で憂をみた。

「それは……」

憂が絶句した。

「先生、もうやめさせてくださいっ。桜井君の言っていることは滅茶苦茶で、授業の内容とは関係ありません！　知念さんが、かわいそうですっ」

窓際のなかほどの席――倉田ひよが憤然と立ち上がった。

「いまは、ふたりが意見を戦わせている時間だよ」

「でも、先生……」

「続けて」

不満げになにかを言いかけたひよを遮ったカオルは、憂とジェームズに視線を移した。

「それは……なんだよ？　イジメられている犬猫はかわいそうで、殺処分される犬猫は仕方がないって？　どういう基準で、そう決めてる？　お前らがうまいうまいって食ってる焼肉やフライドチキンにされるために殺されてる牛や鳥はかわいそうじゃないのか？　どうした？　考えたこともないって顔をしてるな？」

ジェームズが、蔑《さげす》んだ眼を憂に向けた。

ジェームズの瞳をみるたびに、深い闇《やみ》を感じた。

これほどまでに暗鬱な瞳になる彼は、いったい過去になにをみてきたというのか？

「か、考えたことあるわよ。でも、生きていくために必要なことでしょう？　犬や猫をイジめるのとは違うわっ」

「牛や鳥を食べなくても生きていけるだろ？　ベジタリアンはどうする？　牛や鳥を食べないと死ぬのか？　お前ら偽善者は、そうやって必ず理由をつけるけど、なんの罪もない動物を殺して食ってることに変わりない。世話係の人からすれば、家畜もペットと同じに愛情を注いでるんだよ」

ジェームズは薄笑いを浮かべていたが、憂を見据える瞳はどこまでも暗かった。

「そんなこと言ったら、世界中の人が……」

「そうさ。だから言ったろ？　人間なんて、みんな偽善者なんだよ」

憂を遮り、ジェームズが吐き捨てた。

「はい、そこまで」

カオルは教壇に戻り、みなを見渡した。

「先生っ、私のこと無視してひどいです！」

ひよが泣きそうな声で抗議した。

「倉田もみんなも、聞いてくれ。教科書通りにやることだけが授業じゃない。テーマからは少し脱線したが、ふたりのやり取りの中には、道徳心とはなにかということについて重要なことがたくさん語られていた。知念と桜井の議論を聞いて、意見のある者は挙手して」

カオルが言い終わらないうちに、ほとんどの生徒が競い合うように手を挙げた。

「じゃあ、まずは倉田から行こうか」

「私は、知念さんの意見に賛成です。たしかに殺されちゃうのはかわいそうですけど、ペットと家畜にはそれぞれの役目があると思います。それを一緒にして考えてしまうのは極端過ぎると思います」

「でも、ペットと家畜に役目があるとかなんとか言ってるけどさ、それって、人間が決めたことじゃん？　家畜にしてみたら人間に食べられるために生まれてきたなんて思ってないんだからさ」

コーヒー豆のように褐色の肌をした一之瀬《いちのせ》が倉田に反論した。

一之瀬はサッカー部期待の大型新人で、中学時代から有名だったらしい。

「そうだよ。犬とか猫はペットのイメージが強いけど、中国とかじゃ犬も猫も普通に食用だから」

二階堂が甲高い声で言った。

「イジメられてる犬や猫は助けて保健所で殺処分になる犬猫を助けないのは偽善者とか、牛肉や鶏肉《とりにく》を食べてるくせにとか、桜井君の言ってることって屁理屈よ。そんなのひとりの人間が完璧《かんぺき》にできるわけないじゃん」

童顔の小島雛《こじまひな》が、みためとはギャップのある低い声で吐き捨てた。

「完璧にできるできないが問題じゃなくて、そういう奴にかぎって動物虐待とかぎゃあぎゃあ騒ぐってことを桜井は言ってるんだよ。お前みたいなタイプだよ」

弘が、笑いながら憂を指差した。

「先生！　私と桜井君のどっちの意見が正しいかジャッジしてください！」

憂が、強い光を宿した瞳でカオルをみつめた。

ヒートアップした生徒達は、そこここで意見をぶつけ合っていた。

「みんな、静かにしてくれ」

カオルが言うと、生徒達の視線が集まった。

ジェームズだけは、浅く椅子に腰掛け両足を投げ出した格好で廊下に顔を向けていた。

「知念と桜井のどっちの意見が正しいか……僕にはわからない」

教室がざわめき始めた。

「わからないって、なんだよ？」

「そんなの無責任ですよ」

「先生、僕達をからかっているんですか⁉」

「いままでの討論はなんだったんですか⁉」

「ありえねぇー」

生徒達が、我先にとカオルに不平不満をぶつけてきた。

「言いかたを変えれば、知念も桜井もどちらの意見も正しいってことさ」

カオルは、生徒達の顔を見渡しながら言った。

「ペットと家畜は違うという考えもありだし、ペットも家畜も同じという考えもあり。重要なことは、なぜそう思うのかという自分なりの考えをしっかり持っていることなんだ。数学では用意されている答えを導き出すけど、国語では自分なりの答えを生み出すんだよ」

「そういうことだったんですね」

憂が、納得したように頷いた。

「いまどきは、なにかの情報を入手しようと思ったらインターネットでたいていのことは探せる便利な世の中だ。パソコンが普及するまでは、新聞や書物を読み漁《あさ》ったり大変だった。携帯電話の普及も世の中を変えた。それこそ家の電話しかないときは、いろいろと不便だった。だけどね、不便なことは悪いことばかりじゃない。ネットを使ってワンタッチで検索すればたしかに情報を入手する時間は短縮できる。でも、自分が得たい情報はどこに行ってどんな資料を読めばいいのかって考えることで知恵がつき、人に訊いて回ることで交渉力がつく。携帯電話が使えれば待ち合わせに遅れそうになったときに相手に連絡が入れられて便利だけど、もしかしたらそのぶん、遅れることにたいしての罪悪感が薄くなるかもしれない。自分が到着するまで相手には一本の電話も入れられないという状況に置かれていたら、遅刻できないという思いが強くなるものだ。これこそまさに、『技術が道徳を代行するとき』だよ。いまの若いコ達は共通のテーマで討論することなんて滅多にないだろう？　メールとかラインとかツイッターとか……そういうものがコミュニケーションの手段になっているのも技術が道徳を代行していることになるんだよ。たまには、こういうアナログな討論会を開くのも、コミュニケーション能力を磨くのに必要なことだ」

「なーるほど！　しっかりまとめてきたねー、カオルちゃん！」

弘が席を立ち、からかうように言った。

「こら！　先生に向かってカオルちゃんはやめなさい」

「はーい！　カオルちゃん」

「お前な、いい加減に……」

カオルが弘を窘めようとしたとき、ジェームズが立ち上がりドアに向かった。

「おい、桜井。授業中だぞ？　どこに行くんだ？」

「学園ドラマみたいで暑苦しい空気だから、早退するからさ」

ジェームズが振り返り、鼻で笑った。

「そんな理由で、いいよ、って僕が言うと思うのか？」

「最初から休んでたってことにしてくれよ」

「待つんだ、桜井」

足を踏み出すジェームズを、カオルは呼び止めた。

「俺に構う時間があったら、援交のバイトが忙しくて休んでる風間を連れてこいよ」

振り返らず言い残し、ジェームズが教室を出た。

強烈なボディーブローを食らったように、カオルは声を出すこともできず呆然《ぼうぜん》とジェームズの消えたドアをみつめた。

6

「ねえねえ、ちょっといいかな？」

少年に声をかけられたふたり連れのギャルふうの女子高生が足を止めた。

カオルは、新宿通りでスカウトしている少年――風間を認めてため息を吐《つ》いた。

学校が終わってから、カオルは家にも寄らずに直行したのだった。

「いいバイト知ってるんだけど、興味ある？」

「えーなんか怪しい。風俗とかじゃん？」

ミルクティー色の巻き髪のギャルが言った。

「違う違う。ちゃんとしたバイトだよ」

風間が、笑いながら顔前で手を振った。

周囲に、風間以外のスカウトマンの姿は見当たらない。

「もしかして、ナンパ？　イケメンだから、つき合ってあげてもいいよ」

金髪セミロングのギャルが、軽いノリで応じていた。

「じゃあ、とにかく、そこのカフェに……」

「風間」

カオルが声をかけると、風間が弾《はじ》かれたように振り返った。

「彼と話があるから、君達は帰りなさい」

「えーなになに⁉　この眉毛男《まゆげ》！」

「眉毛男だって！　ウケる！」

巻き髪ギャルが言うと、セミロングギャルが爆笑した。

「僕は彼の担任だ」

「なんだセンコーか」

「ウザ！」

ふたりのギャルは吐き捨て、立ち去った。

「あーあ。せっかくいい感じだったのに、営業妨害しないでくださいよ」

風間が、不貞腐《ふてくさ》れたように唇を尖《とが》らせた。

「なにが営業妨害だ。お前、学校休んでなにをやってるんだ⁉　バイトは禁止だって……」

「ボランティアだって、言ったじゃないですか？　お金貰《もら》わないなら、バイトになりませんよね？」

「屁理屈《へりくつ》を言うんじゃない。お金を貰うとか貰わないの問題じゃなくて、学校を休んでこんなことやっててていいわけないだろっ」

「じゃあ、学校には行きますから。だったら、いいでしょ？」

それまでとは一転した、真剣な表情で風間が言った。

「風間。援助交際に繋《つな》がるようなことをやっちゃだめだ。お金が必要なら、僕が相談に乗るから」

「別に、お金に困っているわけじゃないからさ」

「だったら、なおさら、こんなことやってちゃだめだ。お前が声をかけた女の子が、お父さんくらいに歳《とし》の離れた人と、その……あの……」

「エッチするってことを心配してるんですか？」

言い淀《よど》むカオルの言葉を遮り、風間が訊《たず》ねた。

「心配はいりませんよ。ウチはデートをセッティングするだけで、その後、エッチしようがしまいが関係ありませんから」

風間が、あっけらかんとした顔で言った。

「そういう問題じゃないだろう？　援助交際は犯罪だ。たとえ給料を貰っていなくても、こんなことやってちゃだめだ！　自分のやってることが胸を張れることかどうか、よく考えてみるんだ。口ではごまかせても、お前の心は知っているはずだ」

カオルは、熱っぽく訴えた。

「悪いけど、俺は辞める気ないですから。明日はちゃんと学校行きますから、もう、帰ってください」

取り付く島もなく、風間が言った。

「理由があるのか?」

唐突に、カオルは訊ねた。

「なにがです?」

「このバイトを続けなければならない理由だよ」

「別に……」

風間が、視線を逸《そ》らした。


——俺に構う時間があったら、援交のバイトが忙しくて休んでる風間を連れてこいよ。

不意に蘇《よみがえ》るジェームズの声が、カオルの疑念を膨らませた。

「桜井が、お前がこのバイトをしていることを知ってたんだ。どうしてだ?」

「そ、そんなこと知りませんよ」

明らかに、風間は動揺していた。

「桜井も、バイトしてるのか?」

「し、してないですよっ。本当に、帰ってください!」

取り乱す風間をみて、疑念が確信に変わった。

「わかった。明日は、学校に出てこいよ」

あっさりとカオルは引き下がり、風間の肩を叩《たた》くと踵《きびす》を返した。

もちろん、風間のアルバイトを認めたわけではない。

カオルには、確認しておきたいことがほかにあったのだ。

カオルは、歌舞伎町のほうへと足を向けた。

区役所通りを入ってすぐに、目的のカフェが視界に入った。

昨日、風間がスカウトした女子高生を連れて行ったカフェだ。

「いらっしゃいませ〜」

自動ドアを潜《くぐ》ると、金髪で顔色の悪いウェイターが気だるげな声で出迎えた。

カオルは、薄暗い店内に視線を巡らせた。

場所柄、水商売ふうの派手な女性とサラリーマンふうのカップルが目立った。

視線を、フロアの最奥の席で止めた。

しばらく張り込むくらいの気持ちでいたが、運のいいことに目当ての人物はいた。

後ろに縛った髪、こんがりと灼《や》けた肌、耳朶《みみたぶ》に光るピアス――「ギャルズパラダイス」の店長
……佐々木が煙草《タバコ》を吹かしつつ誰かと話していた。

相手は背中を向けているので、男性ということしかわからない。

カオルは、佐々木の席に向かった。

正面からぶつかり、佐々木を説得するつもりだった。

「桜井、お前んとこの学校にウリをやる女いねえの？」

佐々木の声に、カオルは足を止めた。


まさか……。


カオルは、佐々木の正面に座る男性の背中をみつめた。

「そういうことは、俺より風間のほうが詳しいですよ」

聞き覚えのある声——佐々木と向き合っているのは、ジェームズに間違いない。

カオルは、佐々木にバレないようにジェームズと背中合わせの席に座った。

「ご注文は……」

「コーヒー」

金髪ウェイターを遮り、カオルは小さな声で言った。

どうして、ジェームズが佐々木と？

ジェームズも、「ギャルズパラダイス」で働いているのだろうか？

カオルは、背中越しの会話に聴覚の神経を研ぎ澄ました。

「あいつじゃどうにもなんねえから、お前に言ってんじゃねえかよ」

「俺は、あいつの親じゃないですよ」

背中越しに、ジェームズの冷めた声が聞こえてきた。

「言うこと聞かねえなら、弟のこと言ってやればいいじゃねえか？」

弟……風間の弟のことだろうか？

だとしたら、なぜ風間の弟が関係しているのか？

「女を引っ張ってくるくらいで弟のこと出してたら、キリがないですよ」

相変わらず、ジェームズの声は冷めていた。

「だったら、きっちりコントロールしろや。風間がキャッチしてくる女は、飯までしかつき合わねえ奴ばっかで金にならねえんだよ」

「あんたに、そんなえらそうに言われたくないですね」

「なんだとこらっ。てめえ、誰に向かって口利いてんだ⁉」

佐々木が、ドスを利かせた声で凄《すご》んだ。

カオルは、何度も立ち上がりかけたが思い止《とど》まった。

佐々木とジェームズ……そして風間の関係を探る必要があった。

「誰って、佐々木さんにですよ」

ジェームズが、人を食ったように言った。

「てめえ、恩人を馬鹿にしてんのか⁉」

「俺が世話になったのはあんたの兄貴……修《おさむ》さんです。あんたを手伝ってるのも、修さんから頼まれたからですよ」

「ふ、ふざけやがって……」

「じゃ、俺はこれで」

背後で、席を立つ気配があった。

「おいっ、待て！　話はまだ終わってねえぞ！」

佐々木の声を振り切るように、ジェームズが出口に向かった。

「お待たせしました。ホットコーヒー……」

「すみません。お会計です」

カオルは千円札を置き、呆気《あっけ》に取られるウェイターを残しジェームズのあとを追った。

ジェームズは路肩に佇《たたず》み、煙草に火をつけていた。

「煙草は二十歳になってからだ」

カオルは言いながら、ジェームズの背中越しに手を伸ばし煙草を奪った。

「誰だ……なんだ、あんたか」

振り返ったジェームズが、カオルを認めて鼻で笑った。

「ちょっと、話があるんだ」

「時間ないから、無理」

にべもなく言うと、ジェームズが歩き出した。

「風間とふたりで、あの佐々木って男の店で働いてるのか？」

カオルは、ジェームズの正面に回り込んで言った。

「もしかして、カフェにいた？」

「風間の弟って、どういうことなんだ？」

ジェームズの問いに答えず、カオルは訊ねた。

「訊《き》かれたからって、言うと思うのか？」

薄笑いを浮かべつつ、ジェームズが言った。

「お前と風間にどんな理由があるのか知らないが、援助交際の手伝いなんていますぐやめるんだ」

「援助交際の手伝いなんて、やってないし」

ジェームズが肩を竦《すく》めた。

「ごまかしてもだめだ。あのカフェでの話は、全部聞いてるんだから」

「先生の聞き間違いかもしれないだろ？　証拠は？　警察だって、証拠がないと犯人を逮捕できないんだぜ？」

どこまでも、ジェームズは人を食ったような態度だった。

「お前の屁理屈につき合う気はない。風間の弟がどうとか言ってたけど、どういうことなんだ?」

「だから、俺には先生がなにを言ってるのかわからないよ」

ジェームズが、涼しい顔で言った。

「桜井。僕の眼《め》をみろ」

カオルは、ジェームズの肩を両手で摑《つか》みまっすぐ見据えた。

「そういうの……」

ジェームズも、カオルの眼を見据え低く押し殺した声を絞り出した。

「ウザいんだよ」

ジェームズは平泳ぎのように両手を内から外へと広げカオルの腕を払った。

「桜井……」

「あんたの、熱血先生ごっこにつき合ってる暇はないんだよ」

ぞっとするような冷え冷えとした瞳《ひとみ》をカオルに向け、ジェームズは吐き捨てると踵を返した。

カオルは、踏み出しかけた足を止めた。

昔の自分なら、力ずくで引き止め言い聞かせようとしたことだろう。

——好きなだけ殴れよ。暴力教師が。

不意に、第一中学時代の手塚の言葉が脳裏に蘇った。

あのときの、手塚が自分に向けた氷のように感情のない瞳をいまでも忘れられない。

手塚もジェームズも、どこまでも冷め、教師を信用していないという共通点があった。

いじめられっ子のクラスメイトを容赦なく追い込み、死ねばいいと吐き捨てた手塚に、カオルは愛の鞭《むち》で眼を覚まさせようとした。

ときとして言葉の暴力は、頬《ほお》を張られた痛みの何十倍……いや、何百倍の痛みを与えているということを手塚にわかってほしかった。

そこに愛情があれば、伝わると信じていた。

考えが、浅かった。

気持ちが伝わるどころか、カオルと手塚の関係には決定的な亀裂《きれつ》が入ってしまった。

「しっかりしろ！」

カオルは、頬を両手で叩き気合を入れた。

いまは、過去に囚《とら》われ落ち込んでいる場合ではない。

一刻もはやく、風間とジェームズが道を踏み外さないよう引き戻してやらなければならない。

カオルは、ふたたび新宿駅前に向かって歩を踏み出した。

☆

「凄《すご》くスタイルがいいね！　君、モデルさん？」

相変わらずの軽いノリで、風間が百七十センチはありそうな少女に声をかけていた。

「違いますよぉ」

少女は顔の前で大きく手を振り否定していたが、満更でもなく嬉《うれ》しそうだった。

「マジに⁉　そのへんのモデルより、全然スタイルいいのに」

風間が、眼を見開き驚いた顔を作ってみせた。

「えー、そんなふうに言ってもらえると嬉しい……」

「彼と話あるから、ごめんね」

カオルは少女を押し退《の》け、風間の前に立った。

「なんだ、またですか⁉　仕事の邪魔しないでくださいよっ」

「その前に、バイトは学校で認められてない」

「だったら、学校辞めたらやってもいいんですよね？」

風間が、挑戦的に言った。

「桜井に会ってきた」

唐突にカオルが言うと、風間が眼を見開いた。

「店長が、お前が援助交際する女のコを連れてこないからなんとかしろって桜井に命じてたよ。桜井とお前は、どういう関係なんだ?」

「どういう関係って……クラスメイトですよ」

風間がしどろもどろになり、眼を逸らした。

「弟のことを出して言うことを聞かせろみたいなことも命じてたよ」

風間が、弾かれたように顔を上げた。

「なんで、弟の名前が出てくるんだ? もし、なにか困ったことがあるなら僕に……」

「なにもないですよ! 本当に、帰ってくださいっ」

カオルの言葉を、風間が大声で遮った。

「僕のことを信じて……」

「なにもないって言ってんだから、あんたが信じてやれよ」

背後から、肩を摑まれた。

振り返った視線の先――佐々木が、目尻《めじり》を吊《つ》り上げカオルを睨《にら》みつけていた。

「風間は僕の教え子だ。悪いけど、あなたの手伝いをさせるわけにはいかない。行くぞ」

カオルは、風間の腕を引いた。

「放してください!」

「話は、あとで聞く。とにかく、一緒にくるんだ」

後頭部に衝撃――カオルは膝《ひざ》をついた。

「ウチのバイトを、勝手に連れてくんじゃねえよ！」

鬼の形相の佐々木の足がカオルの顎《あご》を蹴《け》り上げた。

視界が歪《ゆが》んだ。

「風間、戻るぞ」

「だめだ。風間は連れて帰る……」

カオルは立ち上がり、風間に歩み寄った。

「まだわかんねえのか！」

佐々木の拳《こぶし》がズームアップした。

頬に激痛――カオルは、後方によろめいた。

「先生っ」

「お前は引っ込んでろ！」

佐々木に突き飛ばされた風間が、尻餅《しりもち》をついた。

「大丈夫か!?」

「人のことより、てめえの心配してろや！」

風間に駆け寄ろうとしたカオルの頬を、ふたたび佐々木の拳が貫いた。

「ろくな女しかスカウトできねえくせに、面倒な先公連れてきやがって！」

佐々木が、風間の腰を蹴りつけた。

「ウチの生徒に……手を出すな……」

カオルは腰砕けになりながら、佐々木の腰に抱きついた。

「なんだてめえ！　放せ！」

佐々木の腕が、カオルの背中に振り下ろされた。

衝撃に、脳みそが揺れた。

歯を食い縛り、腰に回している腕は放さなかった。

「放せっつってんだろうが！」

二発、三発……佐々木の拳がカオルの背中を打ちつけた。

息が詰まった――脊椎《せきつい》が悲鳴を上げた。

「先生っ、なにやってるんですか！　手を放してください！」

風間が、悲痛な声で叫んだ。

「だめだ……お前を連れて帰るまで……放さない……」

「ふざけやがって！　おら！　おら！　おら！　おら！　おら！」

拳が振り下ろされるたびに、肉が裂け背骨が砕けてしまいそうだった。

頬の内側を自ら噛《か》み、遠くなる意識を引き戻した。

佐々木の腰に回された腕を放さないのは、気力だけだった。

「殺されちゃうよ！　手を放して！　先生！」

「お前を……連れて……」

頭を摑まれた――佐々木の膝が顎を蹴り上げた。

視界が反転し、目の前に空が広がった。

「みてみて、喧嘩《けんか》よ」

「ヤクザかな？」

「ぼっこぼこにやられてんじゃん」

「警察に通報したほうがいいわ」

「あの人、血塗《ちまみ》れだよ。死んじゃわないかな」

そこここから、野次馬達の声が聞こえてきた。

「手間取らせやがって！」

佐々木は吐き捨てるように言うと、爪先《つまさき》で脇腹《わきばら》を蹴りつけた。

瞬間、気道が閉じたように呼吸ができなくなった。

「今回だけはこれで許してやるから、もう二度とくるんじゃねえぞ！」

カオルは、捨て台詞《ぜりふ》を残し立ち去ろうとする佐々木のスーツの裾《すそ》を摑んだ。

「僕は……風間を……連れて帰る……」

「こ……この野郎っ！　放せ！　放せ！　放せっつってんだよ！」

佐々木の踵《かかと》が、カオルの肩、背中、脇腹、臀部《でんぶ》、太腿《ふともも》を踏みつけた。

内臓のあちこちがピラニアに食いちぎられているような激痛に襲われた。

心が折れそうになったが、風間を救わなければという思いがカオルの気力を保たせていた。

「やめろ！」

風間が、佐々木にタックルした――ふたりは抱き合うように路上に倒れた。

「こ……この野郎！」

体勢を入れ替えた佐々木が、拳を振り上げた。

カオルは満身創痍《そうい》の身体《からだ》を奮い立たせ、佐々木の腕を摑んだ。

「生徒には……手を……出すな……殴るなら……僕を殴れよ……」

「て、てめえ……こんだけ殴られても懲りねえのか!?」

佐々木が、信じられないといった顔で言った。

鼻血が喉《のど》から流れ込み、口の中に鉄の味が広がった。

顔は、湯気を浴びているように熱かった。

スーツのズボンは膝のあたりが破れ、血が滲《にじ》んでいた。

「ああ……このあと何百発殴られても……風間を連れて帰る……」

荒い息を吐きながら、カオルは言った。

「お前、おかしいんじゃねえのか⁉　つき合ってられるか……」

佐々木は薄気味悪そうな顔で言うと、カオルの腕を振り払いその場を立ち去った。

「風間……大丈夫か？」

カオルは、道路に座り込んでいる風間に手を差し出した。

「俺より、先生のほうこそ大丈夫ですか？」

風間は立ち上がり、心配そうにカオルの顔を覗《のぞ》き込んできた。

「僕は二階の窓から飛び下りた男だぞ？」

カオルが冗談めかして言うと、風間が笑った。

「お前も膝から血が出てるぞ。とりあえず、僕の家に行って簡単な手当てしよう」

「先生、病院に行かないと、だめですよ！」

「お前の事情聴取が終わってからな」

カオルは、風間の肩を叩き白い歯をみせた。

☆

「カオル！　あんた、その怪我《けが》どうしたんだよ⁉」

ピンクのシュシュでちょんまげにした金髪のロングヘア、ピンクの豹《ひょう》がらのセットアップでリビングのソファに胡坐《あぐら》をかきレモンの缶チューハイを片手にした静香が、血相を変えた。

「ちょっと、チンピラに絡まれちゃってね」

「なんだって⁉　どこのチンピラだい⁉　どこでやられた⁉　あたしが仇《かたき》を取ってきてやるから言いな！」

静香の迫力に、カオルの背後で風間の顔が蒼白《そうはく》になっていた。

「落ち着いて。それより、またこんな時間から酒呑《の》んでるのか？」

「チューハイなんてあたしには水代わりだからさ。はやく、どこのチンピラか……」

「実は、教え子を連れてきてるんだ。こっちにきて、挨拶《あいさつ》して」

カオルは振り返り、風間を促した。

「あ、はじめまして。風間……」

「お！　お前、超イケメンじゃんか！」

静香がソファから飛び下り、風間に歩み寄ると顔を近づけた。

「最近の高校生は、発育がいいな！　肩とか胸の肉づきなんかよ、もう立派な男じゃねえか？あっちの発育もよさそうだな？」

静香が、風間の大胸筋や腹筋をベタベタと触りながら下世話に笑った。

風間は、蛇に睨まれた蛙《かえる》のように凍てついていた。

「お、お袋、みっともないからやめてくれよ……」

カオルは、羞恥心《しゅうちしん》で死んでしまいそうだった。

「お袋って言うんじゃねえって、何度言ったらわかるんだ！」

静香の平手が、カオルの頭に飛んできた。

「痛っ！　……怪我人《こわ》になにするんだよ！」

それまで表情を強張らせていた風間が、今度は必死に笑いを噛み殺していた。

「なにがおかしいんだ？」

カオルは、風間を軽く睨みつけた。

「いや……なんか、いつもの先生と違うなって思って」

「はっは〜ん。こいつ、学校とかではかっこつけてるんだろ？　家でのカオルは……」

「あー、もう、余計な話はいいから、はやく、風間の怪我を消毒してあげてよ」

カオルは静香を遮り、風間の膝を指差した。

生徒の前でベラベラと余計なことを話されたらたまったものではない。

「お前のほうがひどいから先だよ。ぼーっと突っ立ってないで、ふたりとも、はやく入りな」

静香が、女親分さながらの迫力でカオルと風間に命じた。

☆

「痛てててててっ！　痛っ！　もっと優しく……痛ぇーっ！」

カオルの絶叫が、リビング中に響き渡った。

「動くな！　男のくせに、小娘みてえにキャアキャア騒ぐんじゃねえよ！」

静香が、消毒液を含んだ脱脂綿を乱暴に傷口に押し当てながら怒鳴りつけてきた。

隣に座っている風間が、クスクスと笑った。

「お前、なに笑ってんだ？」

静香が、風間に訊ねた。

「昔から、先生はこんな感じだったんですか？」

「いつまでもガキみたいってことか？」

「いえ、そういうことじゃなくて、後先考えないで突っ走る性格ですよ」

「なんだそれ？　僕を暴走列車みたいに言うな」

カオルは、傷口に沁《し》みる消毒液に顔を歪めながら言った。

「へぇー、どういうことだい？」

静香は興味津々の光を宿す瞳を、風間に向けた。

「生徒に有言実行を証明するために教室の二階から飛び下りたり、俺を連れ戻すためにチンピラに半殺しにされたり……こんな先生、初めてですよ」

「ようするに、馬鹿なんだよ、カオルは」

「教師の母親が生徒の前でなんてこと言う……」

「でも、日本で一番生徒思いの馬鹿だよ、こいつは」

静香が、カオルの背中を平手で思い切り叩いた。

「痛っ！　なにするんだよ！」

「きゃんきゃんきゃんきゃん、チワワか⁉　お前は！」

カオルと静香のやり取りをみていた風間が吹き出した。

「息吸ってぇ～吐いてぇ～」

静香が言いながら、カオルの脇腹を軽く指で押さえた。

脇腹に続いて、みぞおち、下腹の周辺もなにかをたしかめるように押さえていた。

「どこか痛いか？」

カオルは、首を横に振った。

「肋骨《ろっこつ》は折れてないな。内臓も異常なし」

「静香さんって、医者の勉強とかもしたんですか？」

風間が、驚いたふうに訊ねた。

「んなわけねえじゃん。昔、レディースやっていた頃は喧嘩三昧《ざんまい》だったから、怪我は日常茶飯事でさ。ところで、お前は、なんでチンピラの店で働いてるんだよ？　弱味でも摑まれて脅されてんのか？」

カオルの瞼《まぶた》の傷口に綿棒で軟膏《なんこう》を塗りつけていた静香が、思い出したように風間に訊いた。

「先生、ひとつ、訊いてもいいですか？」

静香の問いには答えず、風間がカオルに訊ねてきた。

「ああ、なんだ？」

「俺、先生にずいぶんひどいこと言ったのに、どうして助けてくれようとするんですか？　ムカついたり、呆《あき》れたりしないんですか？」

「ムカついても呆れても、親は子供を見捨てないだろう？　俺にとって、お前ら生徒は家族も同じだ。こんな答えで、納得したか？」

沈黙が広がった。

風間は、唇を嚙み俯《うつむ》いていた。

肩が震えているようにみえた。

一分、二分、三分……沈黙は続いた。

空気を察してか、いつもは十秒も黙っていられない静香も口を開かなかった。

「風間。なにか事情があるんだろう？　言いたくなければ、いま、無理に言わなくても……」

「弟が……桜井の妹を妊娠させせちゃったんです……」

カオルの言葉を、風間の涙声が遮った。

7

一週間が過ぎ、佐々木に痛めつけられた怪我もほとんど治っていた。

メロンパン、ツナ缶、丸ごとのピーマン、紙パックの牛乳……カオルは、食卓を見渡したため息を吐いた。

「朝食くらい、母親らしくできないの？」

カオルは、呆れた顔を静香に向けた。

「こんな夜明けに起きて朝飯作ってやってんのに、文句言うんじゃねえ」

ソファに片膝をついた静香が、ボサボサの金髪を掻《か》き毟《むし》りながら不機嫌そうに言った。

「朝の六時半は夜明けって言わないだろ？　それに、コンビニで買ってきたものそのまんま出してるくせに、なにが朝食作っただよ？　これなんて、ウサギみたいにそのまま齧《かじ》れって言うのか？」

カオルはピーマンを静香の鼻先に突きつけた。

「サラダはみんな生だろうが!?　アフリカのガキ達に比べりゃ、食いもんあるだけでもありがたいと思え！」

究極の開き直り——逆ギレした静香が、カオルを怒鳴りつけた。

「はいはい、ごめんごめん。感謝して食べますよ」

カオルはメロンパンに齧りつき、テレビのリモコンのスイッチを入れた。

引き際を間違えると、とんでもない爆弾を落とされてしまう。

本格的に静香を怒らせてしまうと、学校を遅刻しようがお構いなしに怒声と罵声《ばせい》を浴びせかけてくる。

『みなさ～ん！　おはようございマッスル！』

テレビでは、朝の情報番組をやっており、MCの芸人が力こぶを作りながら十八番の「スベり芸」を披露していた。

芸人——マッスル田中《たなか》が昭和のオヤジギャグを連発しスタジオを静寂にさせるのは、珍しいことではなかった。

珍しいどころか、スベることが芸風として世間に浸透しているという稀有《けう》な存在だ。

普通なら、これだけウケない芸人が朝の帯番組のMCを任されるなどありえないことだ。

『今日も一日、元気に行きまショートケーキ！』

「こいつ、マジ、つまんねぇ。マッスル田中ってさ、所属事務所の社長の息子だろ？　じゃなきゃ、素人よりくそつまんねえギャグしか言えねえのに、テレビに出してもらえねえって」

静香がテレビを顎でしゃくり、小馬鹿にした顔で言った。

「まあ、でも、それがいいっていう人もいるかもしれないし」

「はぁ!? 元気に行きまショートケーキなんてギャグを飛ばす奴のファンなんて、いるわけねえだろうが? コネだよ、コネ! ま、スベり芸人のことより、この前のイケメン生徒、なんていったっけ?」

「風間のこと?」

「そうそう、風間って、これいいんの?」

静香が、下種《げす》な笑いを浮かべ小指を立ててみせた。

「あのね、教師の母親がそんな下世話なこと言うのやめてくれないかな? それに、風間は僕の教え子なんだぞ?」

「そんなこと関係ねえよ。教え子だろうがいい男はいい男だ。十代の男か……ああ、興奮するなー」

「お袋、いい加減に……」

「弟もダチの妹孕《はら》ませたんだろ? 兄弟揃《そろ》って、女たらしだな」

静香が、カオルを遮り言った。

——弟が……桜井の妹を妊娠させちゃったんです……。

不意に、風間の声が脳裏に蘇った。

――お前の弟と桜井の妹は、恋人同士なのか?

――はい。ふたりとも中学三年なんですけど、小学校時代からの幼馴染《おさななじ》みなんです。

――妹が妊娠したことと、お前がキャッチのバイトしてることは関係あるのか?

カオルが訊ねると、風間が暗い顔で頷《うなず》いた。

――兄貴として弟のやったことの責任を取れって言われて……。

風間が唇を噛み俯《うつむ》いた。

――その責任が、女の子をキャッチして援助交際させることか?

ふたたび、風間が頷いた。

――そもそも、あの店と桜井はどういう関係なんだ?

――店長はヤクザと繋がりがあるんですけど、桜井にちょくちょくいろんなことやらせてるみたいです。

――なんだって!? 桜井は、ヤクザの事務所に出入りしてるのか!?

カオルは、裏返った声で訊ねた。

――詳しくはわからないんですけど、店長は桜井を弟分にしたいみたいで、ずっとスカウトしてました。

——なるほど。店長に命じられて、妹の妊娠の件を盾にお前を「ギャルズパラダイス」に引き込んだってわけか？

——いえ、桜井の意思だと思います。彼は、誰かに命じられてなにかをやるような男じゃないですから。群れるの嫌いみたいですし。

——じゃあ、なんのためにお前にキャッチなんてやらせるんだ？

——遊んでるんですよ。

——遊んでる？

カオルは首を傾《かし》げ、風間の言葉を鸚鵡《おうむがえ》返しにした。

——彼は、いつも退屈してるから。


「どうするんだい？」

静香の声が、記憶の中の風間の声に重なった。

「どうするって？」

五百ミリリットルの紙パックの牛乳に直接口をつけながら、カオルは静香をみた。

「イケメン君はジョニーに脅されてんだろ？」

「ジョニーじゃなくて、ジェームズね」

「そんなもんどっちだっていいけど、このまま放《ほう》っておけないだろ？」

「もちろんさ。なあ、お袋。昔の仲間で、誰ともつるまず、いつも退屈してる不良っていた？」

「それって、そのハーフのことだろ？　そいつは不良じゃねえな。寂しがり屋でつるみたがるのが不良なんだよ。ところで、なんでそんなこと気になるんだ？」

「ウチの学校の二年生に、藤城って不良のボスがいて問題児扱いされてるんだけど、彼の場合はわかりやすいんだ。でも、桜井は摑みどころがないっていうか……なにが目的なのかわからない。誰にも心は開かずに、いつも人を試している。彼をみていると、手塚を思い出してさ……」

カオルは、言葉を嚙み締めながら言った。

「手塚……ああ、前の学校でお前のトラウマになったいけ好かないガキだろ？」

静香が、さらっと口にした。

「あのさ、よくそんなにズケズケと言えるな。お袋には、デリカシーのデの字もないのか？」

カオルは、呆れた口調で言った。

「なにがいけないのさ？」

静香が、悪びれたふうもなく疑問符を張りつけた顔をカオルに向けた。

「仮にも息子が心に傷を負った出来事を……」

――お前みたいな役立たずのゴミは死んだほうが世の中のためになるって言ったのさ。

酷薄な笑みを浮かべる手塚。肩を震わせ泣く斉藤。

暗鬱《あんうつ》な記憶が、カオルの脳裏に蘇った。


――ゴミにゴミって言って、なにが悪いのさ？　斉藤の親って、ウチの父さんの会社をクビになったの知ってる？　仕事ができなくて、会社に迷惑ばかりかけてたらしい。親子揃って役立たずってことさ。ってわけだから、お前も親父《おやじ》も死ねば？


斉藤を嘲罵《ちょうば》する手塚をカオルは殴りつけた。

手塚の父親は、カオルを刑事告訴すると激怒した。

最悪、教員免許を取り消されることを覚悟した。

だが、後悔はなかった。

手塚は、殴られるよりもひどい痛みを斉藤に与えた。

手塚の頬《ほお》の痛みは一日で消えても、斉藤の心の痛みは一生癒《い》えることはない。

暴力教師と非難されても、斉藤の痛みの百分の一でも手塚には教えてあげなければならない。

そして斉藤には、全力で自分を守ってくれる存在がいると伝えてあげたかった。


――一文字先生、落ち着いて聞いてください。

手塚の父親が職員室に乗り込んできた日の夜、光枝校長から電話がかかってきた。

いつになく硬い光枝校長の声に、カオルは胸騒ぎを覚えた。

——斉藤君が、自宅で手首を切りました。

カオルの頭から血の気が引き、光枝校長の声が鼓膜からフェードアウトした。

——斉藤は、無事なんですか⁉

——ええ……幸いなことに、発見もはやく傷も浅かったので命に別状はないとのことです。

その瞬間、カオルは安堵《あんど》すると同時に底なしの自責の念に駆られた。

斉藤の命が助かったのは結果論であり、もしかしたなら、取り返しのつかないことになってしまったかもしれないのだ。

直接的にイジめたのは手塚でも、斉藤の心を守れなかった事実は消えない。

教師としての自信が、粉々に砕けた。

「そんな傷、しょんべん塗っときゃ治るさ」

静香がカオルの肩を叩き、爆笑した。

「ほんと、茶化さないでくれよ」

「茶化してなんかいないさ。お前は、別に悪いことしたわけじゃない。手塚ってガキは、殴られるだけの悪さをしたんだよ。近頃の親は、ちょっとはたいた程度でも体罰だ暴力だって、過保護過ぎんだよ！」

「そういう問題じゃ……」

「じゃあ、どういう問題さ！」

カオルの言葉の続きを、静香が遮った。

「口を開けば手塚手塚手塚って、あのガキは初恋の相手か⁉　おお⁉」

片方の眉を下げて睨《ね》めつけてくる静香は、さながら女ヤクザのようだった。

「お袋も知ってるだろ⁉　僕にもう少し教師としての器があれば手塚や斉藤を苦しめずに済んだ。彼らを、救うことができたはずだ。教師の母親なら、たまには真剣に向き合ってくれよ！」

「向き合ってるから、教えてやってんだよ！」

静香が、カオルの頭をゲンコツで殴った。

「痛ってぇ……なにするんだよ！」

「あたしの拳で、お前の脳みそガチガチの石頭を割ってやったのさ！　いいか？　どんだけグダグダクヨクヨしたって過去は取り戻せないんだよ！　大事なのはいまだろうが！　ジェームズってガキは手塚ってガキと雰囲気が似てるんだろ？　今度こそ、悔いが残らないように向き合うチャンスじゃねえか。あ？　違うか？」

静香の言葉が、カオルの胸を貫いた。

口は悪いが、静香の言っていることは的を射ていた。

昔から、そうだった。

乱暴で下品で悪ふざけが過ぎる母親だが、カオルが迷ったときには核心を衝《つ》いた言葉で導いてくれた。

「百回に一回は、いいこと言うね」

「いつもいいこと言ってるじゃねえ……」

「ありがとう。おかげで、ガソリン満タンになった気分だよ」

カオルは笑顔で言うと、メロンパンの最後のひと切れを口の中に放り込んで腰を上げた。

「な、なんだよ、気持ちわりぃな。あたりまえのことアドバイスしてやっただけだっつーの！」

照れ隠し――静香が、ぶっきら棒に吐き捨てた。

「じゃあ、行ってきまーす！」

カオルは溌剌《はつらつ》とした笑顔を残し玄関に走った。

☆

一Aの教室に向かうカオルの手には、一枚のＤＶＤが握られていた。

ＤＶＤの中身は、テレビで放映していた介助犬のドキュメントを録画したものだった。

今朝のホームルームは、生徒達にこのＤＶＤを観《み》せる予定だった。

介助犬は、ほかの犬が近寄っても反応してはならず、食べ物を差し出されても食べてはならず、排泄《はいせつ》もパートナーの生活サイクルに合わせてコントロールしなければならないという過酷な仕事だ。

パートナーのために尽くす介助犬の姿から、生徒達にはなにかを学んでほしい。

両親が離婚したコもいるかもしれない、貧しい家庭のコもいるかもしれない、親とうまくいってない子もいるかもしれない、病気がちの子もいるかもしれない。

様々な悩みや不満を抱えた生徒に、パートナーをサポートする介助犬のひたむきさや純粋さをみてほしかった。

一Aの教室から、大爆笑が聞こえてきた。

カオルは立ち止まり、引き戸に耳を当てた。

『ほら、やれよ！　得意だろ⁉』

『おはようございマッスル！　ってさ』

『はやくしろよ！』

複数の男子生徒の声が、大音量の笑い声に掻き消された。

「おはよう！」

カオルは勢いよく引き戸を開けた。

その瞬間、爆笑がピタリと止《や》んだ。

カオルの視界にすぐに入ってきたのが、後ろから二列目の窓際の席にできた人だかりだった。

田中沙理《さり》の席を五人の男子生徒が取り囲んでいた。

カオルは、よからぬ空気を察知した。

「篠田。ずいぶん騒がしかったけど、なにやってたんだ?」

沙理を取り囲む男子生徒の中心にいた弘に、カオルは訊ねた。

「物まねして遊んでたんですよ」

涼しい顔をした弘とは対照的に、沙理は唇を嚙み俯いていた。

「物まね?」

「はい。田中って、お父さんが芸人のマッスル田中で、物まねが超うまいんですよ。なあ?」

弘が、隣にいた男子生徒……一之瀬に同意を求めた。

「あ、ああ……」

一之瀬の陽焼《ひや》け顔に、微《かす》かながら困惑した表情が浮かんだ。

「そうなのか?」

カオルは、ほかの三人の男子生徒に視線を向けた。

三人とも視線を逸らすのをみて、カオルの疑心は深まった。

「間島《まじま》。どうなんだ?」

マッシュルームカットの間島が、バツの悪そうな顔で俯いた。

「二階堂」

いつもは騒々しい二階堂が、おとなしいのも不自然だった。

「どうして、みんなだんまりを決め込んでいるんだ？」

カオルは、棚橋《たなはし》に視線を移して訊ねた。

棚橋は百五十センチに満たない二階堂とは対照的にクラス一の長身で百八十五センチある。背は高いがガリガリに痩《や》せて顔色が悪いので、じっさいの身長ほど高くはみえない。

「物まねっていうか、田中の親父の……」

「みんなでふざけて遊んでいただけです」

棚橋を遮るように、沙理が言った。

「遊んでいたふうにはみえない空気だぞ？」

カオルは、沙理を見据えて言った。

「私が、嘘《うそ》を吐いているっていうんですか⁉」

沙理が、赤く潤んだ瞳でカオルを睨みつけてきた。

「いや、そうは言ってないが……」

「本当のこと言いなよ」

憂が席を立ち、沙理に言った。

「おいおいおい、また優等生気取りの委員長様の登場か？」

弘が、挑発的に言った。

「悪いけど、篠田君につき合っている暇はないの。田中さん。怖がることないから、いつもお父さんのことでからかわれていることを言ったほうがいいわ」

憂が篠田を一瞥《いちべつ》し、沙理に向き直った。

「勝手なこと言わないで。私は、篠田君達とふざけてただけよ」

沙理が、憂を睨みつけた。

まさかのリアクションに、憂が困惑していた。

「私が一緒に証言するから、泣き寝入りしちゃだめ!」

「いい加減にしてよっ! 余計なお世話だって言ってるでしょ!」

沙理がヒステリックに叫び、腰を上げた。

「先生……具合が悪くなったんで早退してもいいですか?」

荒い息を吐きながら、沙理がカオルに言った。

「ああ、病院に行ってゆっくり休みなさい。家には、僕のほうから電話を入れておくから」

カオルは、沙理の早退をあっさり認めた。

沙理が病院に行かないだろうことは、わかっていた。

「えー、カオルちゃん。こいつ、仮病だぜ!?」

弘が、沙理を指差した。

さっきまで俯いたり視線を逸らしていた男子四人も、弘の指摘に大きく頷いていた。

カオルは弘が言うように、彼女が仮病を使っているとは思わない。

ただし、沙理が病んでいるのは肉体ではなく心だ。

「こら、こいつ、なんて言うんじゃない。それから、僕のこともカオルちゃんって呼ぶなって言っただろ？　篠田は、入学初日から問題発言が多いから、放課後に個人授業が必要かもしれないな」

「嘘嘘！　嘘です！　一文字先生！」

慌てて弘が自分の席に着いた。

「先生、いいんですか？」

憂が、教室を出て行く沙理の背中を見送りながら訊ねてきた。

「学校終わったら、田中の家に寄ってみるよ。先生に、任せて」

カオルは、憂に頷き教壇に戻った。

憂も、カオルの意図を察したのかそれ以上はなにも言ってこなかった。

そう、沙理を帰したのは、彼女の心を守るためだ。

マッスル田中との父娘《おやこ》関係が、沙理に暗い影を落としていそうだった。

「せんせーい！　俺も具合悪いから早退していいっすか？」

弘が手を挙げ、わざとらしくつらそうに顔を歪《ゆが》めた。

今日も休んでいるジェームズの代役を務めるとでもいうように、弘はカオルを困らせようとする。

「おい、篠田、悪ふざけもいい加減にしろよ」

窓際の最後列——風間が、弘を注意した。

「あ？　イケメン君、なんか言ったか？」

弘が、耳に手を当て風間を睨みつけた。

「先生に絡んでばかりじゃないか！—

「だから？」

弘が風間に挑戦的な顔を向けた。

「わからないのか？　お前が邪魔ばかりするからみんなが迷惑してるんだよ！」

「お前、知念みたいになってきたな？　もしかして、つき合ってんのか？」

血相を変えて駆け寄ってきた憂を、カオルは手で制止した。

「ふざけるな！　そんなわけないだろうっ」

風間が席を蹴った。

「おいおい、ムキになるとこが怪しいな。ったく、イケメンは手が早ぇな」

弘がニヤニヤしながら言った。

「それ以上言うと、許さないぞ」

「手が早いのは事実だろうが？　お前の弟も、桜井の妹妊娠させたんだってな？」

「お前！」

「やめろ！」

険悪な空気が流れる風間と弘の間に、カオルは割って入った。

「篠田、いまのはだめだ。風間に謝るんだ」

「やだね。なんで俺がこんなホスト崩れに謝るんだよ」

弘が腕を組み、横を向いた。

「この野郎……」

「いいから席に戻りなさい」

突っかかろうとする風間の胸をカオルは押した。

「篠田。若気の至りという言葉があるくらいだから、若いうちに血気盛んなのは悪いことじゃない。ときには、人を傷つけるような言動をしてしまうかもしれない。だから先生は、お前が少々やんちゃでもいいと思っている。大事なことは、過ちを認めてきちんと謝れる人間になることだ」

「はいはい、ごめんなさい」

弘が、まったく感情の籠《こ》もらない口調で言うと頭をちょこんと下げた。

「謝ったぜ。これでいいっしょ？」

人を食ったような顔で、弘はカオルを見上げた。

「昼休みに、職員室にきなさい」

「えっ……謝ったじゃん！」

「じゃあ、残り少ない時間だけど、ホームルームを始めるぞ」

不満げな弘を無視して、カオルはみなの顔を見渡した。

「今日は、介助犬の働きを紹介したＤＶＤを観賞してみんなで意見を交換しよう」

放課後は、家庭訪問で忙しくなりそうだ。

カオルは、職員室から借りてきたＤＶＤプレイヤーにディスクをセットしながら沙理とジェームズのことを考えていた。

☆

カオルは、薄闇《うすやみ》に包まれた中野の住宅街の一戸建ての前で歩を止めた。

時計の針は、午後六時を回っていた。

田中と書かれた表札を確認し、カオルはインタホンを押した。

『はい』

ほどなくして、スピーカーから女性の声が流れてきた。

「突然、申し訳ございません。私、『太陽高校』で沙理さんの担任をしています一文字と申します。少しだけ、よろしいでしょうか」

『少々、お待ちください』

しばらくすると、玄関のドアが開き四十前後の女性が現れた。

沙理に似て、目鼻立ちのくっきりした女性だった。

「お母様ですね？　連絡もなしに、すみません」

カオルは、頭を下げた。

「わざわざ、お越し頂きすみません。学校で、なにか問題でもありましたでしょうか？」

不安げな表情で、母親が訊ねてきた。

「いえ、問題というほどのことでもありませんが、少し気になることがありまして。娘さんは、ご自宅にいますか？」

「はい。中にお入りくだ……」

「もう、いい加減にしてよ！」

母親の声を沙理の怒声が掻き消した。

廊下の奥のドアが乱暴に開き、険しい形相の沙理が飛び出してきた。

「沙理っ、待ちなさい」

沙理のあとを追い、マッスル田中が現れた。

「先生……」

玄関に立つカオルを認めた沙理が足を止め絶句した。

「沙理の学校の先生ですか？」

「はい。私、一年A組の担任をしてます一文字です」

「先生が、沙理のことを心配して訪ねてきてくれたのよ」

母親が、マッスル田中に言った。

「私、出かけるから……」

「田中に、話があるんだ」

外に出ようとする沙理の腕を、カオルは摑んだ。

「私には、話なんてありません」

「お父さんのことで、学校でからかわれてるのか？」

カオルは、単刀直入に切り出した。

父親が関係しているとわかった以上、遠回しに言っても仕方がない。

「やっぱり、そうでしたか。学校から帰ってくるなり、芸人を辞めてほしいって言い出して、おかしいと思ったんですよ。お前、お父さんのことでイジめられてるのか？」

「わかるでしょ!? テレビでつまんないギャグばっかりやってスベりまくって馬鹿にされまくって……娘の気持ちも考えてよ！　お前の親父つまんねーとか、昨日も馬鹿にされてたとか……そんな人が父親でさ、恥ずかしくて仕方ないよ！　今日だってホームルームの時間に、親父の真似《まね》しろって男子にからかわれて……こんな親なら、いないほうがよかったわ！」

「田中、そういう言いかたは……」

「先生、いいんです。そうか……気にはしてたが、いやな思いをさせてきたんだな」

マッスル田中が、悲痛な眼で沙理をみつめた。

「そう思うんなら、芸人辞めてよっ。これ以上、テレビで恥をさらさないでよ！　こんな父さんなら、いなくなってくれたほうがましだわ！」

沙理が、涙声で絶叫した。

「父さんに、なんてことを言うの！」

母親の平手が、沙理の頬を張った。

頬を押さえた沙理が、母親を睨みつけた。

「沙理、父さんに謝りなさいっ」

「どうして私が⁉　中学生の頃から、父さんのせいでずっとからかわれてるんだよ！　おはようございマッスル、いただきマッスル、ただいマッスル……みんなに父さんのこと笑われて、馬鹿にされて、私がどんな思いで、学校に通ってると思うの⁉　私のことなんて、ちっとも考えてくれてないじゃない！」

「お前をつらい目にあわせているのは、本当に悪いと思っている」

悲痛な表情で、マッスル田中は言った。

「口ではなんとでも言えるわ」

「こんなこと言っても説得力はないだろうが、父さんはお前のことをいつだって一番に考えているんだ」

「じゃあ、芸人辞めてよ」

「え……」

沙理の言葉に、マッスル田中が表情を失った。

「私のことを一番に考えているなら、いますぐに芸人なんて辞めてよ」

「すぐに……?」

「そう、すぐによっ。父さんがテレビに出れば出るほど、私がつらい目にあうの。夜のバラエティなんて、クラスメイトが一番観る番組なんだから！　スベるだけでも馬鹿にされてるのに、後輩芸人に頭叩かれたりグラビアアイドルにけなされたり……そんな人が私の父親だなんて絶対に嫌よ！」

「沙理、そんなことを急に言われても父さんが困るでしょう?」

「母さんは黙ってて！　私は、父さんに訊いてるんだから！　ねえ、芸人、辞めてくれるよね!?」

沙理が、母親からマッスル田中に視線を移し問い詰めた。

「少しだけ、時間をくれないか？」

マッスル田中が、絞り出すような声で言った。

「ほら。結局、無理じゃないっ。嘘ばっかり……私のことなんかより、芸人の仕事のほうが大事なんじゃない！　父さんなんて、大嫌い！」

沙理は絶叫し、踵を返すと階段を駆け上がった。

「沙理、待ちなさい」

母親が、沙理を追って二階へと上がった。

「お恥ずかしいところをみせてしまい、申し訳ありませんでした」

マッスル田中が、深々と頭を下げた。

彼の言動をみていると、テレビでみているピエロのような男と同一人物とは思えない。

「私のほうこそ、突然伺ったので。また、出直してきます」

「いいえ、私の部屋に、きて頂けませんか？」

「お父様の部屋にですか？」

カオルが訊ねると、マッスル田中が頷いた。

「先生に、おみせしたいものがあります」

マッスル田中は言うと、カオルを奥の部屋へと促した。

☆

『ふざけんなよ！』
揃いの革ジャンを着たマッスル田中が、小柄な相方の頭をはたいた。
『叩くなよ、背が縮むじゃないか！』
『悪い悪い、じゃあ、こうすればいいか？』
マッスル田中が、相方の首を両手で掴み伸ばそうとした。
『いたたたた……そういう意味じゃないから！』
『じゃあ、こういう意味か？』
相方の胴に手を回したマッスル田中が、軽々と持ち上げると逆さにした。
『うわうわうわー!?　やめろーやめろー！』
悲鳴を上げる相方の身体を放り投げたマッスル田中は、背中に乗ると飛び跳ねた。
『こうしたら背は伸びるのかー？』
『馬鹿!?　やめろー！』
相方の叫びが虚《むな》しくなるほどに、会場は静まり返っていた。
少しの笑い声も、聞こえてこない。

凍えた空気を察知したマッスル田中と相方の表情は気の毒なほどに強張《こわば》っていた。

ふたりの姿が、画面から消えた。

「これは、沙理が生まれたばかりの頃……十五年前、私がコンビとしてやっていたときのステージです。ご覧の通り、スベり通しでお恥ずかしいかぎりです」

ソファに座りリモコンのボタンを押したマッスル田中が、自嘲的に笑った。

「いまとは、芸風が違うんですね？」

カオルは、驚きを素直に口にした。

「当時の私は、ツッコミでした。コンビを結成して十年間、鳴かず飛ばずの日が続いていました。相方は独身でしたが私は結婚していたので、将来のことを考えると不安で眠れませんでした。この先、芸人を続けて行こうかどうか悩んでいるときに沙理が生まれたんです。私はもう三十になっていたので、芸人を辞めて地道な職業に就こうと思っていました。でも、せめて、沙理が物心つくまでは芸人を続けたいと……娘が友達に自慢できる父親でありたいという思いも捨て切れなかったんです。けれども、いまの稼ぎでは家庭を養ってゆけない。途方に暮れていた私に、ある日のライブで転機が訪れました。いつも通りに観客席は静まり返っていました。その日のステージで、偶然に私がボケてしまったときがあって、そしたら、会場が大爆笑に包まれて……。私が、キャラ変更を決意した瞬間であり、ピン芸人マッスル田中が誕生した瞬間です」

「そういう経緯があったんですね」

「売れっ子芸人になって、娘を喜ばせるつもりが苦しめてしまって……だめな父親ですね」

マッスル田中が、寂しげに笑った。

「そんなことないですよ。お父さんは、立派だと思います」

励ます意味ではなく、本音だった。

娘を笑顔にするためにピエロを演じる父――なにを恥じる必要があろうか？

「そうでしょうか？　馬鹿にされる父親、笑われる父親……娘がクラスでイジメられる原因は私です。そんな父親が、立派なわけありません」

「娘さんも、いつかはわかってくれる……」

「先生の言う通り、そういう日がくるかもしれません。半年後、一年後……五年後。その間、沙理は苦しみ続けます。親というのは、子供の幸せのためならどんな犠牲も厭《いと》わないものです。私は、芸能界から引退します」

「えっ……」

「テレビの影響力は物凄くて、人を生かしも殺しもします。でも、露出がなくなれば残酷なほど簡単に忘れられます。過去の人になるのは芸能界での成功を目指している人には地獄ですが、忘れられたい人にとっては天国です」

「娘さんのために、視聴者に忘れられることを望んでいらっしゃるんですね？」

カオルの問いかけに、マッスル田中が穏やかな笑みを浮かべ頷いた。

強がっているわけでも、言い聞かせようとしているわけでもない。

マッスル田中にとっては、芸能界で築き上げた栄光を守ることよりも娘を笑顔にすることのほうが大事なのだろう。

「芸人に未練なんて、これっぽっちもありません。だって、世界中の人を笑わせても、沙理を笑顔にできなければ芸人失格ですから」

輝いた顔で言い切るマッスル田中に、カオルの心は熱くなった。

「芸人を辞めるの、もう少し待ってください。お父さんの気持ち、必ず沙理さんに伝えますから！」

カオルは言うと、拳で胸を叩いた。

美しく純粋な父の愛を、一秒でもはやく娘に伝えるのが自分の使命だ。

「お帰りなら、沙理を呼んできましょうか？」

腰を上げたカオルに、マッスル田中が言った。

「いえ、今夜はやめときます」

逸《はや》る気持ちを抑えた。

心の中が暴風雨のいまの沙理には、どんなに眩《まぶ》しい太陽であってもみえはしない。

永遠に降り続く雨は存在しない。

夜が明けて朝がくるように……雨が上がれば真っ青な空に輝かしい太陽が姿を現すものだ。

「お邪魔しました！」

カオルは廊下に出ると立ち止まった。

胸を張れ。君のお父さんは、日本一の芸人だ。

カオルは、二階の沙理の部屋に続く階段を見上げつつ心でエールを送った。

☆

松濤《しょうとう》の住宅街の中でも、白亜の豪邸はひと際目立っていた。

まるでヨーロッパの宮殿のような趣があった。

「御曹司だったのか……」

カオルは、桜井、と書かれた檜《ひのき》の表札をみながら呟《つぶや》いた。

ジェームズの父親はたしか、建設会社を経営していたはずだ。

『はい、桜井でございます』

インタホンを押すと、ほどなくして中年女性の声が流れてきた。

「夜分にすみません。私、『太陽高校』で桜井ジェームズ君の担任をやっております一文字カオルと申します。息子さんの件で、少しお話ししたいことがありましてお訪ねしました」

『ただいま奥様に訊いて参りますので、少々お待ちくださいませ』

中年女性は、お手伝いのようだった。

『お入りくださいませ』

お手伝いの声に続き、重厚なモーター音が鳴り響き門扉が開いた。

玄関に続く石畳は、三十メートルはありそうだった。

庭というよりは、庭園といったほうが相応《ふさわ》しい広大な敷地には噴水があった。

ドラマや映画でしかみたことのないような光景に、カオルは圧倒されていた。

ようやく玄関に辿《たど》り着くと、待ち構えていたように玄関のドアが開きお手伝いと思《おぼ》しきエプロン姿の中年女性が現れた。

白大理石貼りの沓脱《くつぬ》ぎ場《ば》はゆうに六畳はありそうで、カオルの自宅のリビングルームに匹敵する広さだった。

正面には、螺旋《らせん》階段があった。

「どうぞ、お入りください」

お手伝いに促されたカオルは、高価そうな絵画やブロンズ像が飾られた廊下を進んだ。

廊下や螺旋階段も沓脱ぎ場と同じで、白の大理石が使われていた。

「奥様、一文字先生がお見えになりました」

お手伝いがドアをノックして声をかけた。

『お通しして』

ドア越しに、女性の声が返ってきた。

お手伝いがドアを開けると、教室のような広い空間が現れた。

白い革ソファに座っていた品のいい女性が、カオルを認めて立ち上がった。

「ジェームズがいつもお世話になっています」

「はじめまして。一年A組の担任をやっています、一文字カオルと申します。いきなり訪ねまして申し訳ございません」

「とりあえず、おかけください。コーヒーと紅茶、どちらがよろしいですか?」

「あ、お気遣いなく」

カオルは、ソファに腰を下ろしつつ言った。

「春江《はるえ》さん、オーストリアの友人から頂いた紅茶をお持ちして」

ジェームズの母がお手伝いに命じた。

年の頃は四十代半ばで、ジェームズに似てクールな印象の女性だった。

指には、大粒のダイヤモンドが煌《きらめ》いていた。

「桜井君は、帰宅していますか?」

「いえ、まだですけど。今日は、どういったご用件でしょうか?」

「桜井君が、アルバイトをしているのをご存知ですか?」

カオルは、単刀直入に切り出した。

ジェームズが風間にやっていることは恐喝だ。

事実を突き止め、一刻もはやくやめさせなければならない。

「いいえ。息子が、アルバイトをしているんですか?」

ジェームズの母が、寝耳に水、というような顔で訊ね返してきた。

彼女が、演技をしているようにはみえなかった。

「ええ。それも、普通のアルバイトではないんです」

「普通のアルバイトじゃないって……それは、どういう意味ですか?」

ジェームズの母親が、怪訝《けげん》そうに眉をひそめた。

「大変申し上げづらいのですが……」

お手伝いが紅茶を運んできたので、カオルは口を噤《つぐ》んだ。

「息子さんがアルバイトしているのは、援助交際を斡旋《あっせん》しているようなお店なんです」

お手伝いがリビングから出て行くのを待ってから、カオルはひと息に言った。

「援助交際を斡旋しているお店ですって⁉」

ジェームズの母が、目尻《めじり》を吊り上げた。

カオルは、神妙な顔で頷いた。

「でたらめを言わないでください！　ウチの息子が、そんないかがわしい店で働くわけないじゃないですか！」

ジェームズの母の金切り声が、カオルの鼓膜を掻《か》き毟《むし》った。

「でたらめではなく、本当です」

「いい加減にしないと、いくら先生でも怒りますよ！」

ジェームズの母が、ティーカップをソーサーに叩きつけるように置いた。

「失礼をお許しください。以前に、娘さん、妊娠されましたよね？」

カオルは、思い切って口にした。

初対面の生徒の母親にこんなことを言うのは、心苦しかった。

だが、風間とジェームズの問題を解決するには避けては通れない道だった。

「なっ……ど……どうして……そんなことを言わなければならないんですか⁉」

ジェームズの母は、明らかに動揺していた。

「ウチのクラスの風間という男子生徒の弟が、こちらの娘さんを妊娠させたと聞きました。桜井君は責任を取らせる意味で、彼に援助交際をする少女を街中でスカウトさせていたんです」

「それが、どうしたんです？」

カオルは、ジェームズの母の予期せぬリアクションに肩透かしを食らった気分になった。

「どうしたって……息子さんは、クラスメイトに援助交際をする少女を……」

「風間って生徒は、弟の責任を取らされたんでしょう？　先生は、ウチの娘のほうこそ被害者だということを忘れていませんか？　援助交際云々《うんぬん》はよくないことですが、ジェームズが風間君にやった行為が間違っているとは思いません。ジェームズは、妹のためにやったんです。悪いことをした生徒にケジメをつけさせるのは、悪いどころか褒められて然《しか》るべきでしょう？」

ジェームズの母が、薄く微笑《ほほえ》みながら言った。

「いくら妹のためであっても、息子さんが風間に援助交際する少女をスカウトさせるなんて行為は許されることではありません」

カオルは、毅然《きぜん》と言い切った。

「先生は、おいくつですか？」

「二十五になります」

「お子様はいらっしゃらないですよね？」

「ええ、まだ独身です」

「それじゃ、わからないはずですわ」

ジェームズの母が、見下すように言った。

「どういう意味でしょう？」

「子を思う親の気持ちですよ。十四歳で娘を妊娠させられた親が、どんな気持ちだと思いますか？　当然、中絶ということになりますが、娘の身体だけでなく、心にも一生消えない傷が残ります。明るく快活だった娘は、堕胎してから人が変わったように暗くなりました。不登校になり、一日中、部屋に引きこもるようになってしまって……いまは精神を患って北海道で牧場をやっている私の兄のもとで療養しています。ジェームズは、とても妹思いの兄です。妹の一生を滅茶苦茶にした男の子の兄である風間君にケジメをつけさせようとする気持ちは痛いほど理解できます」

「そうだったんですか……」

カオルは、心臓を鷲掴《わしづか》みにされたような胸苦しさに襲われた。

十四歳といえば、子供が大人になる準備を始めたばかりの多感な年頃だ。

まだ子供の自分が子供をお腹《なか》に宿しただけでも混乱したに違いない。

親、先生、クラスメイト……怒らせ、哀しませ、好奇の視線を浴びせられ、精神的に追い詰められたことだろう。

追い討ちで中絶……思春期の少女には受け止めきれない体験。

ジェームズと風間が道を踏み外さないようにと、彼らを救わなければと、そればかりに意識を奪われ、妹のことは頭になかった。

教師だからといって、生徒のことだけを考えていればいいのか？

自分の教え子でないから――「太陽高校」の生徒でないから、心の痛みを感じてあげられないというのは、教師として……いや、人として失格ではないのか？

「娘さんにたいして、気遣いがたりなくて申し訳ありませんでした」

カオルは、素直に詫《わ》びた。

教師としての体裁を気にしたわけではない。

恥ずかしかった。

生徒のためと勢い込んで家庭訪問をしていながら、肝心な部分を見落としていた自分の浅はかさが……上辺だけの正義感が、カオルを自己嫌悪に陥らせた。

「わかればいいんですよ。息子のアルバイトの件は、校長先生やほかの先生は知っているんですか？」

「僕以外に知っているのは、音楽の先生だけです。風間が街角で女性にチラシを渡しているのを教えてくれたのも、音楽教諭の江口明日香先生なんです」

「女の先生ですか？」

瞬間、ジェームズの母の顔が険しくなった。

「はい。僕と同年代の先生です」

「女の人は口が軽いから、口止めしておいてくださいね」

「口止めって……どういう意味でしょうか？」

カオルは、怪訝な表情で訊ねた。

「校長や教頭に知られたら、問題になるでしょう？　内申書に、響いたりしませんよね？」

「お母様。なにか、思い違いをなさってませんか？　桜井君のアルバイトの件は、上司に報告するつもりはありません。でも、それは内申書のためではなく、問題が大きくなることで彼から反省するタイミングを奪ってしまわないためです。いまの桜井君に必要なのは、信頼です」

「内申書に響かないなら、なんでもいいです。とにかく、音楽の先生には絶対に口外しないように言っておいてください」

ジェームズの母が、命令口調で言った。

「僕がお母様に謝ったのは、娘さんの気持ちをまったく考えていなかったことについてです。桜井君がクラスメイトを脅しいかがわしいアルバイトをやらせていることとは別の問題で、解決しなければなりません」

「解決って……息子に、どんな罰を与えるつもりですか⁉」

ジェームズの母が気色ばんだ。

「罰を与えたりするという問題ではありません。桜井君には、罰よりも友人の大切さや思いやりがどういうものかを教えたいんです！」

カオルが熱い口調で訴えると、ジェームズの母が鼻で笑った。

「思い違いしているのは、先生のほうではありませんか？　ジェームズは『桜井財閥』の御曹司です。友情や思いやりなんかよりも、先に学ばなければならないことがたくさんあるんです。アルバイトは私が辞めさせますから、もうこの件は終わりにしてください」

一方的に話を終わらせようとするジェームズの母の言葉に、カオルは耳を疑った。

「それは、できません。ほかの生徒も関《かか》わっている問題ですから。それに、将来、多くの人の上に立つ仕事に就くのであればなおさら……」

「いくら払えばいいんだよ？」

突然、リビングのドアが開いた。

ジェームズが、いつもの人を食ったような顔で立っていた。

「あら、ジェームズ、いつ帰ってたの？　こっちに座りなさい」

ジェームズの母が、カオルにたいしたときと同一人物とは思えない満面の笑みを息子に向けた。

「家でまで先生のツラみたくないから、ここでいいよ。俺のこと、チクリにきたのか？」

「風間から、どうして『ギャルズパラダイス』でキャッチなんてやってるかの理由を聞いたよ。お前の妹さんが関係していることだから、お母様にも話さなければならないと思ってな」

「奇麗事はいいから、いくらほしいか母さんに言えよ。口止め料ってやつだろ？」

ジェームズが、冷めた口調で言った。

「桜井……お前、それ、本気で言ってるのか？」

カオルはソファから腰を上げ、ジェームズに歩み寄りながら訊いた。

「もちろんさ。二、三百なら、この場で払ってくれるぜ？」

「僕が家を訪ねたのは、風間が言っていたことが本当かどうかをたしかめるためだ」

「ああ、本当だ。あいつの弟が俺の妹を孕ませたから、兄貴として責任を取らせてるだけの話さ。知り合いの店が人探ししてたから、風間を働かせようと思ったんだよ。あいつは弟のケツも拭《ふ》けるし金も手に入る。俺は世話になってる店のオーナーにも喜んでもらえるし、誰も損はしない。なにか問題でも？」

ジェームズは涼しい顔で言うと、片側の眉尻を吊り上げカオルを見据えた。

「世話になってるオーナーって、ヤクザなんだろう？　新宿のカフェで話してた恩人っていうのはその人のことか？」

カオルは、敢《あ》えて母親の前で切り出しジェームズの表情を窺《うかが》った。

「ヤクザ……ジェームズ、あなた、そんな危ない人とつき合ってるの⁉」

カオルの背後で、ジェームズの母が驚愕《きょうがく》の声を上げた。

「うん、つき合ってるよ」

対照的に、ジェームズは顔色ひとつ変えずにあっさりと答えた。

カオルが考えている以上に、胆《きも》が据わった少年だ。

「まあ、大変……でも、安心して、ジェームズ。お父様に言えば、警察庁長官でも政治家でも動かせるから、どんなに大物のヤクザでも怖くないからね。この世で一番強いのは、人脈とお金よ。このふたつがあれば、なにも心配することはないのよ」

ふたたび、カオルは耳を疑った。

同時に、納得した。

こんなふうに育てられたなら、ジェームズみたいに冷めた自己中心的な子供になるのも無理はない。

「父さんに頼まなくても大丈夫だよ、母さん。ヤクザや風間に関わるのも、アルバイトも辞めるから、もう少しだけ待ってて」

ジェームズが、微笑みながら言った。

「あら、そう。遠慮しなくても、一千万でも掴ませれば動いてくれるわよ?」

「本当に大丈夫だって。一千万なんて必要ないから、その代わり、この先生に百万でもあげて……」

「桜井！　本気で言ってるなら怒る……」

「俺も、怒ろうか？　聞いてなかった？　ウチの父親は、大物政治家も警察トップも動かせるらしい。地方公務員の学校の先生ひとりくらい、どうにでもできるよ」

飄々《ひょうひょう》とした感じでジェームズは言った。

まだ、挑発的に言われたほうがわかりやすい。

カオルには、ジェームズがなにを考えているのか、まったく読めなかった。

「お前のお父さんは凄い人だろうけど、僕がひとつだけ勝てることがある。それは……」

カオルは、顔の前に握り拳を作ってみせた。

「お前らと心の底からわかり合えるまで、どんな困難や障害があってもまっすぐに突っ走り続ける根性だ。今日は帰るが、お前と親友になれるまで僕はしつこいぞ。明日は、学校に出てこいよ」

カオルは拳を作っていた手でジェームズの肩を叩き、母親に頭を下げるとリビングをあとにした。

8

『沙理の親父のマネパート1　おはようございマッスル！』

『沙理の親父のマネパート2　元気に行きまショートケーキ！』

『沙理の親父のマネパート3　こんばんワッフル！』

一年A組の教室からは、昨日と同じように生徒達の爆笑が聞こえてきた。

「あいつら、また……」

カオルは舌打ちをし、勢いよく引き戸を開けた。

「おはよう！」

カオルが教室に足を踏み入れた瞬間、窓際の席にたむろしていた五人の男子生徒が、蜘蛛《くも》の子を散らしたように各々の席へと戻った。

弘、一之瀬、二階堂、間島、棚橋——昨日と同じ面々が、なに食わぬ顔で席に着いた。

後ろから二列目——沙理は、唇を噛み俯いていた。

カオルは、視線を廊下側の最後列の席に移した。

ジェームズは、今日もきていない。

「今朝のホームルームは、みんなに観てもらいたいものがある」

カオルはプレイヤーにＤＶＤディスクをセットし、テレビのスイッチを入れた。

リモコンの再生ボタンを押すと、二本脚で立つプレイリードッグが画面に映し出された。

「かわいー！」

「なになに⁉　ウサギ⁉」

「超かわいいじゃん！　なにこいつ！」

「ミーアキャット？」

「違う違う、ラッコよ」

「馬鹿、ラッコは海の生き物だろ」

生徒達が、ざわつき始めた。

画面の中——二本脚で立つプレイリードッグが見上げる空には、鷹《たか》が旋回していた。

足もとには、巣穴が空いていた。

不意に、プレイリードッグが四本脚に戻りダッシュした。

鷹がプレイリードッグを狙《ねら》って急降下した。

「わっ……やられるぞ！」

「逃げろ！　逃げろ！」

「なんで、穴に逃げ込まないの！」

空から鷹に追われ懸命に逃げるプレイリードッグに、生徒の悲鳴が上がった。

ジグザグに走ったりトリッキーに跳ねたり……プレイリードッグは、捕まりそうで捕まらなかった。

数十メートルほど走ったところで、鷹が地面にアタックした。

上からのカメラのアングルでは、羽を広げた鷹の姿が大映しになった。

「捕まっちゃったの!?」

アニメ声の真中友美が、泣き出しそうな顔になった。

「ヤバい！　ヤバい！　ヤバい！」

二階堂が甲高い声で叫んだ。

「カメラを撮ってないで助けろよな！」

それまで興味なさそうにしていた弘が、画面に向かって抗議した。

ふたたび、鷹が上空に羽ばたいた。

「あれ？　いないぞ！」

一之瀬が、鷹の脚をみて素頓狂《すっとんきょう》な声を出した。

鷹の爪には、プレイリードッグの姿はなかった。

「先生、どこに消えちゃったんですか?」

憂が、狐《きつね》に抓《つま》まれたような顔で訊ねた。

彼女の質問に答えるように、消えたプレイリードッグが元の穴から顔を覗かせた。

教室に歓声と拍手が沸き起こった。

「プレイリードッグは、親子愛が強い動物なんだ。鷹を巣穴から遠ざけるために、わざと目立つ動きで逃げたんだよ。さっき、突然に姿が消えたのは、巣穴に入ったからさ。巣穴は地中で何部屋にも分かれてて、天敵に襲われたときのために出入り口が何ヶ所もあるんだよ。いまのは三十メートルくらいのものだったけど、大きな巣だと、数百メートル離れたところにも出入り口があるそうだ」

カオルはDVDを一時停止し、みなを見渡しながら説明した。

盛り上がる生徒達をよそに沙理だけは、虚《うつ》ろな瞳で宙をみつめていた。

「カオルちゃん、どうして、俺らにこんなDVDを観せたの?」

弘が、相変わらずの馴《な》れ馴れしさで訊ねてきた。

「篠田君、先生にはちゃんとした言葉遣いしなさいよっ」

天敵の憂が、弘を窘《たしな》めた。

「お！　またまた優等生発言！　お前さ、もしかして、学園ドラマのオーディションとか受けようと思っててんじゃないの？」

弘が、からかい口調で言った。

「本当に、なんのために学校にきてるの？　だいたいさ……」

「知念、とりあえずいまは見逃してやれ。お前も、命拾いしたな」

カオルは、憂を笑顔で諭すと弘に冗談っぽく言った。

「今日のホームルームのテーマは、親の子にたいする愛情だ。続きを、観てみよう」

カオルは、ＤＶＤの再生ボタンを押した。

映像が切り替わり、今度はアフリカのサバンナが映し出された。

群れからはぐれたらしいバファローの子供が、不安そうに首を巡らせていた。

一頭の雌ライオンが、匍匐《ほふく》前進のように姿勢を低くしてバファローの子供に近づいた。

危険を察したバファローの子供が、駆け出した。

だが、全力疾走するライオンはすぐに追いつき、バファローの子供の腰に前脚の爪を立てた。

バファローの子供は腰砕けになりながら、必死に逃れようとしていたが力尽きるのは時間の問題だった。

ついに、バファローの子供の身体が横倒しになった。

万事休すと思われた瞬間、親らしきバファローが雌ライオンに突進した。

虚を衝《つ》かれてバファァローの子供を置き去りに逃げ出す雌ライオンを、親バファァローが追いかけた。

生徒達が、親バファァローに向かって拍手喝采《かっさい》を送った。

「バファァローの母性愛は動物の中でもかなり強くて、ライオン相手に命懸けで戦い子供を守るんだ。親が子を思う気持ちって、凄いよな」

カオルはふたたびＤＶＤを一時停止し、生徒達の顔を見渡した。

「でも、ライオンのほうが強いのに、どうして逃げちゃったのかな？」

「なあ、普通、秒殺だよな？」

弘と一之瀬が、顔を見合わせた。

「動物学者の人に聞いたことあるんだけど、自然界で一対一で出くわした場合は、高い確率でライオンが勝つらしい。でも、子供を救うときの親は何倍も力が出るそうなんだよ。親の子にたいする思いはライオンをも倒すほどに強いってことだな。次は、最後のＤＶＤだ」

カオルは、リモコンの再生ボタンを押した。

『ふざけんなよ！』

揃いの革ジャンを着た小男の頭をはたくマッスル田中。

『叩くなよ、背が縮むじゃないか！』

小男が、マッスル田中に抗議した。

『悪い悪い、じゃあ、こうすればいいか？』

マッスル田中が、小男の首を掴み引き伸ばそうとした。

『いたたたた……そういう意味じゃないから！』

『じゃあ、こういう意味か？』

惚《とぼ》けた顔で言うとマッスル田中は、小男を抱え上げ逆さにした。

生徒達はみな、困惑した表情になっていた。

戸惑うのも、無理はなかった。

プレイリードッグ、バファローに続いて観せられているのは、売れない芸人の面白くないネタなのだから。

生徒達の顔が、次第に困惑から失笑に変わっていった。

カオルは、視線を窓際の後列の席に投げた。

無表情の沙理はまだ、画面に映っているのが自分の父親だと気づいていないようだった。

『馬鹿!?　やめろー！』

画面の中では、マッスル田中が小男を逆さに抱えたまま上下に跳ねていた。

会場の恐ろしいまでの静まりかたは、テレビ越しにも伝わってきた。

「カオルちゃーん、なにこれ？　超つまんねーんだけど」

弘が、大きな欠伸《あくび》をした。

「ホームルームのテーマは親子愛なのに、どうしてつまんない芸人のビデオを流したんですかぁ？　この程度なら、キャバクラの酔っ払いのオヤジギャグのほうが百倍面白いです」

友美が、アニメ声からは想像のつかない毒舌を吐いた。

「背の高いほうの芸人さんは、マッスル田中さんだ。みんなも、聞き覚えあるだろう？」

カオルが言うと、今日一番のどよめきが起こった。

沙理が、弾かれたように画面に顔を戻した。

「マッスル田中さんは、約十五年前までコンビを組んでいた。そのときはツッコミを担当していたんだが、なかなか思うように売れなかった。十年間、鳴かず飛ばずの状態が続いたマッスル田中さんは生まれたばかりの赤ちゃんのことを思い引退を考えた。そんなある日のライブで、偶然にボケたマッスル田中さんに会場は爆笑の渦に包まれた。マッスル田中さんは、キャラ変更するかどうか悩みに悩んだ。十年連れ添った相方に、いまさらツッコミをやってくれとは言えないし、そんなに簡単なものでもない。でも、このままコンビを続けていてもブレイクの兆しはみえないし、家族を養ってゆくことができない。なにより、愛する娘の将来を考えれば……マッスル田中さんは、ピン芸人になることを決意した」

生徒達は、神妙な顔つきでカオルをみていた。

「マッスル田中さんは、家族を守るために……娘さんを守るために、ピエロになった。人から馬鹿にされても、笑われても、愛する者のためなら少しも苦にならなかった。そう、お前達は、必死に家族を守ろうとしていた人を笑い者にした。それだけじゃなく、お父さんのことで娘をイジめ、馬鹿にした」

カオルが見渡すと、弘が、一之瀬が、二階堂が、間島が、棚橋が視線を逸らした。

「プレイリードッグの親が子を守る姿に胸を打たれていたお前達が、どうして、田中のお父さんを馬鹿にする!? 嘲笑されても罵詈雑言《ばりぞうごん》を浴びせられても、マッスル田中さんがテレビでスベり続けるのは、我が子のためにライオンに立ち向かうバファローの親の勇気に匹敵すると思わないか? 本当に恥ずかしいのは、マッスル田中さんの娘さんへの深い愛情もわからずに、面白おかしく笑い物にして田中をイジめるお前達じゃないのか!? どうなんだ!?」

「すみません……」

二階堂と棚橋が消え入るような声で言った。

「お前は!?」

カオルは、間島をみた。

間島が、マッシュルームヘアをうなだれた。

視線を一之瀬に移した。

「ほんと、恥ずかしいっす」

一之瀬が、唇を噛んだ。

「篠田はどうだ!?」

カオルの呼びかけに、弘が横を向いた。

だが、その瞳にはうっすらと光るものがあった。

「田中、お前もだ」

カオルは、感情の揺れが顔に出ないよう必死に平静を装う沙理に厳しい眼を向けた。

「クラスメイトに馬鹿にされ……近所から白い眼でみられて、思春期の女の子が恥ずかしいと思う気持ちはわからないでもない。でもな、一番つらいのはお父さんだということは忘れないでほしい。なにがつらいかわかるか？　スベって観客に失笑されることか？　違う！　娘に軽蔑《けいべつ》されることか？　違う！　お父さんがなによりも胸を痛めているのは、十五年前にキャラ変更をしたせいで娘にいやな思いをさせてしまっていることなんだ。いつだって、お前のことを考えてくれているお父さんの気持ちを、もうちょっとわかってやってもいいんじゃないか？」

カオルの言葉に、沙理の瞳にみるみる涙が浮かんだ。

「お父さんのこと、恥ずかしいと思うなんてとんでもない！　あんな素晴らしい人が父親で、誇りに思えよ！　田中、胸を張れ！　私のお父さんは世界一だってな！」

カオルは言いながら、拳を突き上げた。

「そうだよ！　スベってるっていってもそれはネタのうちだし、テレビで観ない日はないくらい売れてるし、しかも、家族思いで優しいし……田中のこと、俺、羨《うらや》ましいよ」

風間が、沙理に向かって親指を立てた。

「お父さんのことあんなふうに言って悪かったな……ごめん」

一之瀬が立ち上がり、大きな身体を小さく丸めて謝った。

「僕も、ひどいこと言ってごめんな」

「悪かったよ」

二階堂、間島、棚橋も立ち上がり頭を下げた。

弘だけは、廊下に顔を向けて知らない振りを決め込んでいた。

「篠田君も、謝りなさいよ」

憂が、咎《とが》めるように言った。

「そうだよ、あんたが一番沙理にひどいことを言ってたんだから！」

倉田ひよが、弘に詰め寄った。

「な、なんで、俺が謝るんだよ」

しどろもどろになりながらも、弘は沙理への謝罪を拒絶した。

「ありがとう……でも、もう、いいよ」

沙理が、ひよと憂に言った。

「よくないよ。田中のこと傷つけたんだから、ケジメはつけなきゃ。篠田、田中に謝れよ」

風間が、弘を促した。

「うるっせぇなあ！　てめえに言われたかねえんだよ！」

弘が、血相を変えて席を蹴った。

「篠田、いい加減にしろよ！　そうやって、いつまで突っ張ってるつもりなんだ⁉」

風間も立ち上がり、弘を叱責《しっせき》した。

「おいおい、ふたりとも、喧嘩は……」

ふたりを仲裁しようとしたカオルは、言葉を飲み込んだ。

勢いよく引き戸が開き、中年男性が教壇の前に転がってきたからだ。

カオルは、中年男性をみて絶句した。

「え……」

長髪に吸血鬼のような蒼白な顔——中年男性は、数学教諭の小峯だった。

頬は赤紫に腫《は》れ上がり、唇は切れて出血していた。

「こ、小峯先生……どうしたんですか⁉」

カオルは、腰を屈《かが》め小峯を抱き起こした。

「悪さしたから、ヤキ入れてやったんだよ」

声の主——ガムを噛みながら、風体の悪い男が土足で入ってきた。

ポニーテイルにした髪、真っ黒に陽焼けした顔、耳に光るピアス……。

「あんたは……」

男は、風間がアルバイトしていた「ギャルズパラダイス」の店長……佐々木だった。

「よお、熱血先生」

佐々木が、口角を捻《ね》じ曲げた。

「なんで小峯先生にこんなひどいことをするんだ！」

カオルは、佐々木に激しい口調で抗議した。

「おい、先生に説明してやれよ！」

佐々木が廊下を振り返り、誰かを呼んだ。

教室に入ってきた男……ジェームズに、生徒達が絶句した。

「桜井……お前、どうして？」

「エロ教師を成敗しにきたのさ」

ジェームズが、冷めた眼で小峯を見下ろした。

「エロ……どういう意味だ!?」

「そいつは、教師のくせにウチの店でバイトしている十六の少女をホテルに連れ込み淫行《いんこう》したのさ」

ジェームズが言うと、教室が蜂《はち》の巣を突っついたような騒ぎになった。

「淫行……先生……本当ですか？」

カオルは干涸《ひから》びた声で小峯に訊ねた。

泣き出しそうな顔で、小峯がうなだれた。

☆

「こ、小峯先生……この人が言うことは、本当ですか？」

教頭の清水の黒縁眼鏡が震えていた……いや、黒縁眼鏡を押し上げる中指が震えていた。

教頭室の応接ソファでうなだれる小峯の顔色は、死人のように蒼白だった。

小峯の左隣では佐々木がふんぞり返り、右隣ではジェームズが薄笑いを浮かべていた。

「黙ってると、不利な状況になりますよ！　この人が言うように、小峯先生は、その、十六の女の子をその……」

「ホテルに連れ込んで淫行したんだよ」

言い淀《よど》む清水の言葉尻を、佐々木が奪った。

「このエロ教師が十六歳の少女にホテルでなにをしたか教えてやるよ。二万円の小遣いを渡して、ロープで縛り、電動マッサージ器をあそこに押し当て、セックスしたあとに小便を飲ませたのさ」

佐々木の衝撃の暴露に、清水が絶句した。

それは、カオルも同じだった。

小峯はとっつき難い性格ではあるが、それは生徒の教育にストイックな姿勢で向き合っている証《あかし》でもあり、カオルは尊敬していた。

そんな小峯が、十六の少女にそんな淫《みだ》らなことを……。

嘘だと思いたい。なにかの間違いだと信じたい。

だが、佐々木やジェームズに殴られて学校に引っ張ってこられても、反論せずに項垂《うなだ》れているだけの小峯をみていると不安に拍車がかかる一方だった。

「ほ……本当ですか⁉ 黙ってないで、なんとか言いなさい！」

清水の金切り声が、教頭室の空気を切り裂いた。

「す、すみません……気づいたときにはホテルにいて……まったく、覚えてないんです」

小峯が、消え入るような掠《かす》れ声で言った。

「先生、これ以上、幻滅させないでくださいよ。未成年にやることやっておいて、酒に酔っ払って覚えてないは卑怯《ひきょう》でしょう？」

ジェームズが、小峯に冷めた眼を向けた。

「あなたは、なんてことをしてくれたんですか！」

清水が、掌《てのひら》でテーブルを叩きヒステリックに叫んだ。

「教頭先生、ちょっと待ってください。小峯先生の話も聞いてみましょう。小峯先生。そもそも、その少女とどうやって出会ったんですか？」

カオルは、興奮する清水を諭し、小峯に訊ねた。

「居酒屋で呑んでたら、一緒にお酒を呑みませんかって、カウンターに座っていた女性に声をかけられてね。派手な化粧をしていたから、未成年にはみえなかったんだ」

「それで、その少女と一緒にお酒を呑んだんですか？」

「私もそこそこ酔っていて、ガードが甘くなっていてね」

小峯が、自嘲気味に笑った。

「それで、そのあとどうなったんですか？」

「そこから先を、覚えていないんだ……」

カオルの問いかけに、小峯が力なく首を横に振りながら言った。

「まったく、ふざけたエロじじいだよ。教頭さんよ、どうケジメを取るつもりだ？」

佐々木が、ニヤけた陽焼け顔を清水に向けた。

「え……どうして私が⁉」

清水が眼を見開き、裏返った声を発した。

「どうしてじゃねえだろ！　このエロじじいは、てめえの部下だろうが！　いいのか？　現役の高校教諭が未成年と援交して小便飲ませたことをマスコミに垂れ込んでもよ！　話題性抜群だから、毎日のようにワイドショーで取り上げられるだろうな。そうなりゃ、上司のあんただってただじゃ済まないはずだ。あんた、ゆくゆくは校長の椅子を狙ってんだろ？　こんなスキャンダルがテレビで流されたら、校長どころか教頭の椅子も危ねえぞ」

佐々木の言葉に、清水の顔が強張った。

「わ、私は……嵌《は》められたんだ……あの女の子は、グルなんだろう!? 桜井、君、本当のことを言いなさい！」

小峯が、ジェームズの肩を摑み詰め寄った。

罠《わな》……カオルも、その可能性は考えていた。

だが、わからなかった。

ジェームズは、小峯に個人的な恨みなどないはずだ。

小峯を嵌める動機がない。

かといって、佐々木の言いなりになったとも思えない。

ひとつ言えることは、罠であったとしても小峯が軽率であったという事実だ。

「万が一、グルだったとしたらなんだよ？　あんたがスケベ心出して女と呑まなきゃ、こんなことになっていないはずだ。あんた、教え子と変わらない歳《とし》の女に下心持って一緒に酒呑むなんてさ、みっともないと思わないのか？」

ジェームズが、嘲《あざけ》るように言った。

小峯には、耳の痛い話だ。

ここが法廷ならば、小峯は不利な立場になってしまうだろう。

「き、君は、誰に向かって口を利いてるんだ！」

「十六歳の少女と援交して、おしっこを飲ませた変態教師だろう？」

ジェームズが、片側の口角だけ吊り上げた。

「桜井っ……」

「うらっ！　エロじじい！　なにごちゃごちゃ言ってんだ！　いますぐ警察に突き出してやろうか⁉　それともマスコミに垂れ込んでやろうか⁉」

佐々木が、小峯のネクタイを摑み絞め上げた。

「わ、わかりました！　わかりましたから、やめてくださいっ。私どもに、どうしろというのですか？」

清水の唇は、恐怖に血の気を失い白っぽく染まっていた。

「まあ、本来なら訴えたいところだが、ウチの女の子に法廷でつらい思いをさせるのもかわいそうだし、どうしてもって頼むなら示談にしてやってもいいけどよ」

佐々木が、ソファにふんぞり返り芝居がかった口調で言った。

この展開を、端《はな》から佐々木は狙っていたに違いない。

「慰謝料ということでしょうか？」

清水が、眼の下の皮膚を小刻みに痙攣《けいれん》させつつ訊ねた。

「さすがは教頭、物分かりがいいじゃねえか」

佐々木が、ご満悦の表情で頷いた。

「おいくらほど払えば示談は成立しますか？」

「おい、教頭先生がこうおっしゃってるが、どうするよ？」

佐々木が、ジェームズに話を振った。

「さあ、俺は金に興味ないんで。聖人君子を気取ってる教師が、教え子と変わらない年の少女を性の対象にしたってだけで腹一杯さ。あんたらが、そこらの性犯罪者と変わらないって証明できて俺は嬉しいよ」

ジェームズが、無感情な瞳《ひとみ》で清水と小峯を交互に見据えた。

カオルの胸に疑問が浮かんだ。

佐々木の目的は金だろう。

だが、本人も言っていたようにジェームズは違う。

ならば、ジェームズの目的はいったい……？

「変な野郎だな。ま、いいか。教頭さんよ、俺のほうからは金額どうのこうのは言えねえな。あんたのほうから女の子の慰謝料として払ってもいいって金額を言うなら聞いてやってもいいぜ」

佐々木が、ソファの背凭《せもた》れに両腕を載せて足を組んだ。

あくまでも、受け身の姿勢を崩すつもりはないようだ。

自分から金額を出して要求しないのは、恐喝になることを警戒してのことに違いない。

佐々木は、暴力的なだけでなく狡猾《こうかつ》な一面を持っている。

「校長とも話し合わなくてはならないので私の一存ではなんとも言えないのですが、このくらいでいかがでしょう？」

清水が、佐々木の前に遠慮がちに電卓を差し出した。

液晶に並ぶ300,000という算用数字に視線を落とした佐々木の顔が、みるみる険しくなった。

「おいっ、教頭さんよ、あんたの部下のやったことを反省してねえみたいだな？　そっちがそういうつもりなら、これから警察とマスコミに行くわ」

「ま、待ってください！」

腰を上げようとする佐々木を、清水が慌てて止めた。

「こうみえてもよ、俺は暇じゃねえんだよっ。ガキの使いみてえな条件を出してくる奴と、これ以上話すことはねえよ」

佐々木が、突き放すように吐き捨てた。

「私の独断ではこれくらいが限界なんですっ。校長にかけ合ってみますから、少し時間をください！」

清水が、佐々木の腕を摑み縋《すが》るような眼を向けた。

小峯は、蠟《ろう》人形さながらに血の気を失った顔で眼を閉じていた。

いまの心境は針の筵《むしろ》に違いない。

「は⁉　冗談だろ？　あんた、『太陽高校』のナンバー２だろ⁉　こんなはした金が限度なわけねえだろうが！」

佐々木が、目尻を吊り上げ鷲掴《わしづか》みにした電卓を清水の鼻先に突きつけた。

「で、ですから、校長に交渉する時間をくださいっ」

「父親より歳を食ったおっさんに身体を弄《もてあそ》ばれた少女にたいする誠意が、たったの三十万ぽっち……」

「本当に！」

カオルは、大声で佐々木の言葉を遮った。

「な、なんだよ！　急に大声出しやがって……」

佐々木が、驚いたようにカオルをみた。

「本当に、その少女のためですか!?」

「なんだと!?　そりゃ、どういう意味だ？」

佐々木が、剣呑《けんのん》なオーラを醸し出した。

「少女のためと言いながら、目的はお金じゃないんですか!?」

カオルは、佐々木の眼をまっすぐに見据えた。

「てめえ、開き直ってなに言いがかりつけてやがる！」

「その子のことを考えているなら、お金のことよりどうやって彼女の心の傷を癒すかを考えるのが先でしょう！」

「だから、慰謝料の話をしてるんだろうが！　キモいおっさんの詫びの言葉より、金が一番心の傷を癒すってもんだ」

「それは違います！　彼女が純粋な被害者なら、お金よりも誠意のある言葉を待っているはずです！　十六の少女が死ぬほどの怖い思いをし、深く傷つき、大人を信じられなくなっているんですよ？　そんなときに、お金でカタをつけるだなんて、余計に彼女の心を傷つけてしまいますっ。余計に、大人を信じられなくなってしまいますっ。いまの彼女に必要なのは、世の中には子供が尊敬できる大人もいるっていうことを教えてあげることです！」

カオルは、熱っぽい口調で訴えた。

「誠意のある言葉⁉　尊敬できる大人がいるってことを教える⁉　てめえ、それ、マジで言ってんのか⁉」

佐々木が、爆笑した。

対照的に、ジェームズはにこりともせずにカオルを冷え冷えとした眼で見据えていた。

「ほんと、熱血先生ごっこはいい加減にしてくれないかな？」

ジェームズが、ため息を吐きながら言った。

「桜井、僕は別に……」

「あんたら教師は、嘘臭いんだよ！　尊敬できる大人なんて、いるわけないっ。人の眼があるから奇麗事ばかり言ってるけど、誰もみてなきゃあんただって、こいつと同じようなことやるんだろう⁉　そういうの、一番、ムカつくんだよ！　ヤクザや犯罪者のほうが、全然ましだっ。彼らは、世の中が悪人ばかりだとわかってるし、自分らも偽善をしようとしないからな。俺に言わせりゃ、あんたら教師は最低のカスだっ。人生長く生きて教員免許を持ってるってだけで上から目線でえらそうなことばかり言いやがって！　フライトアテンダントが一番、マナーが悪くて迷惑してる乗客の職業はなんだか知ってるか？　警察官と教師だってよ。日頃、規則に縛られて生活してるから、解放されたときの乱れかたが半端ないそうだ。機内で酔っ払って、フライトアテンダントの尻を触ったり胸揉《も》んだり、パンツを脱いでみせつける奴もいるらしい。これが、あんたらの本当の姿だよ」

いつも無機質なジェームズの瞳には、憎悪の色が宿っていた。

冷めた態度のジェームズが、こんなに感情的になるのは珍しかった。

彼は人間を敵視している……いや、教師を目の仇にしているようだった。

ジェームズの過去に、いったいなにがあったというのか？

「桜井。お前が、教師にどういうイメージを抱いているかは知らない。たしかに、そういう軽蔑《けいべつ》すべき教師もいるだろう。だけどな、生徒のために一生を捧《ささ》げる教師だっている。四六時中、生徒のために奔走している教師だっている。僕は、お前らのために一生を捧げているかと問われれば、自信を持って頷くことはできない。生徒が悩みを抱えているときでも、疲れ果てて眠ってしまうこともあれば、酒を呑んでいるときもある。その間も、生徒は苦しみの中でもがき続け、誰かに助けを求めているかもしれない。僕は聖人君子じゃなく、ただの人間だ。教師としても、胸を張る生きかたをしてこなかったかもしれない……」

カオルは、眼を閉じた。

記憶の扉が、暗鬱な音を立てながら開いた。


――なんの用だよ？　また、俺を殴るの？

「第一中学」最後の日、カオルは屋上に手塚を呼び出した。

クラスメイトの斉藤を手塚が自殺未遂に追い込んだ事件の責任を取る形で、カオルは卒業式を待たずに辞表を提出した。

――もう聞いているかもしれないが、今日で僕は「第一中学」を辞めるんだ。最後に、どうしてもお前と会っておきたくてな。

手塚の皮肉をやり過ごし、カオルは切り出した。

――ふーん、そうなんだ。俺は別に、先生に会いたくないけど。

興味なさそうに、手塚が吐き捨てた。

――あの日、お前を殴ったことは反省している。

――もう、終わったことだから……。

――だが、間違っているとは思わない。

カオルは、手塚を遮り言った。

――はい？　俺をからかいにきたの？

――親子揃って役立たず。斉藤も親父も死ねばいい。お前の言葉は、僕に殴られた何十倍もの痛みを斉藤に与えた。自殺未遂までした斉藤の心の傷を、忘れないでほしい。

手塚の瞳を、祈るような思いを込めてカオルはみつめた。

――俺は、後悔してるよ。

――それは、斉藤にたいして……。

――未遂じゃなくて、あのカスを死ぬまで追い込めなかったことをな。


薄笑いを浮かべる手塚をみたカオルは、激しい憤りを覚えた。

怒り――手塚にではなく、自分にたいして。

最後まで、手塚の心の扉を開くことができなかった……扉の場所さえみつけることができなかった。

もう、あのときと同じ過ちと後悔だけは絶対に……。

カオルは眼を開け、ジェームズをみつめた。

「だけど、お前を理解したいという気持ちは誰にも負けない。それだけは、胸を張って言える」

「俺を理解したいだと？」

ジェームズの眼が、たとえようもない暗い光を放った。

カオルは頷いた。

「冗談を聞きたい気分じゃない」

ジェームズが押し殺した声で言いながら睨みつけてきた。

「冗談で言ってるんじゃない。僕は本気でお前を……」

「おしまいおしまーい！　てめえ、黙って聞いてりゃなに調子こいてんだ⁉」

佐々木が、手を叩きながらカオルとジェームズの話に割って入ってきた。

「もう面倒臭えから、五本でいいよ」

佐々木がカオルから清水に顔を向け、掌を広げてみせた。

「ご、五十万ですか……」

「ざっけんじゃねえよ！　五十じゃねえっ、五百だよっ、五百！」

「そんな大金、払わないでください！」

カオルは、清水に言った。

「てめえには関係ねえだろ！　引っ込んでろや！」

佐々木が、カオルの胸ぐらを摑んだ。

「小峯先生と同じ、僕も『太陽高校』の教師です。そして、桜井の担任です。小峯先生のやったことはいけないことですが、だからって、こんなの恐喝ですっ。こういう解決法は、間違っています！」

「その通り！　一文字先生、よくぞ言ってくれた！」

それまで死人のように生気を失っていた小峯が、喜色満面の笑みを浮かべた。

「小峯先生を庇ったわけではありませんっ。たとえ少女に企みがあったとしても、良識ある大人として思慮深い行動をするべきでした。それに、小峯先生は青少年の道しるべとなる教師という立場にあるのをお忘れですか？　息子さん、高校二年でしたよね？　息子さんに、胸を張って言えますか？　お父さんの背中をみて育ちなさいと」

カオルの言葉に、小峯の顔からふたたび生気が失われた。

「俺は教頭に話してんだ！　てめえ、またボコられてえのか！」

佐々木が、鬼の形相で怒声を浴びせかけてきた。

「殴りたいなら、殴ればいい。その代わり、恐喝罪と傷害罪で警察に訴えますっ」

「警察だぁ⁉　てめえ、そんなことしたら、このエロ教師は淫行で捕まり教頭は出世が絶望的だ。それでも訴えるってか⁉　ああ！」

「小峯先生が償わなければならない罪を犯したなら、それも仕方ありません。教頭先生にしても、出世のために悪に眼を瞑《つむ》るような方ではないと信じています。なにより、桜井の前で胸を張れない大人の姿をみせたくはありません。僕も小峯先生の同僚として、その少女のところへお詫びに行きます」

カオルは、一点の曇りもない澄んだ瞳で佐々木を直視した。

「一文字先生！　勝手なことを言ったら困ります！　あとは、私のほうでやりますから、一文字先生はお帰り……」

「教頭先生っ。私達がこの瞬間、どの道を選択するかは桜井の一生を左右するかもしれないんです！　教員試験に受かったときの夢と希望に燃えていたときの自分を思い出して……」

「青臭いことばっかし言ってんじゃねえ！」

佐々木が振り上げた拳が、宙で止まった。

「誰だ……お前！」

佐々木の手首を摑んでいたのは、ジェームズだった。

「俺、降りますから」

「桜井、てめえ、なに言って……」

「酒に睡眠薬入れて眠らせたこと、サツが調べればすぐバレますよ。こんなことでパクられるの、ダサいですから。っていうことで、さよなら」

ジェームズが人を食ったような顔で手を振り、出口に向った。

「おい、こら！　桜井っ、誰に向って口を利いてんだっ」

「はい？」

ジェームズが、教頭室のドアの前で足を止め振り返った。

「未成年に援交やらせてる詐欺師のチンピラだろ？」

ジェームズが、片側の口角だけ吊り上げた。

「き……貴様っ……」

「ウチの親父が警察の上ともヤクザの上とも繋がってんの知ってるなら、これ以上、なにも言わないほうがいいですよ。そしたら、いままでのことは忘れてあげますから」

嘲笑《あざわら》うジェームズに、佐々木のこめかみの血管は怒張し、奥歯を噛み締めていたが、もう、なにも言い返す気はなさそうだった。

「桜井、ありがとうな」

カオルが声をかけた瞬間、ジェームズの顔色が変わった。

「カオルちゃん、勘違いするな。別に、あんたの言葉に納得したわけじゃない。頭の悪いチンピラの巻き添えを食らいたくなかっただけだ。納得どころか、あんたの偽善は、マジ、ムカつくぜ。必ず、証明してやるからさ」

ジェームズが、挑戦的な口調で言った。

「なにを、証明するんだ？」

「あんたが偽善者だってことさ」

冷ややかな笑みを残し、ジェームズがドアの向こう側へと消えた。

ああ。証明してくれ。僕が本物か偽物か……。
カオルは、心で語りかけた。
ジェームズに、そして、手塚に……。

9

帰宅途中のカオルの足は、鉄下駄を履いたように重かった。
――あんたの偽善は、マジ、ムカつくぜ。
教頭室での、ジェームズの言葉がカオルの脳裏に蘇った。
足を止め、カオルはため息を吐いた。
ジェームズは、入学以降、カオルに反発ばかりしていた。
いや、自分だけにではない。
ほかの教師にたいしても、好戦的だった。
彼は、いわゆる不良生徒ではなかった。

過去に、なにかあったのだろうか？

小峯の援助交際の件も、佐々木は金目当てだがジェームズは違った。いかに脅して金を強請《ゆす》り取るかしか考えていない佐々木にたいし、ジェームズは終始小峯を侮蔑していた。

まるで、大人を軽蔑しているとでもいうような、そんな雰囲気がジェームズから漂っていた。

カオルは、まっすぐ家に帰る気になれずにカフェに立ち寄った。

考えごとをしたいときなどに、ちょくちょく利用する店だった。

「あ、先生、いらっしゃい！」

グリースで撫《な》でつけたリーゼント――馴染《なじ》みのマスターが、笑顔でカオルを迎えた。

「ペパーミント」は、一九五〇年代のレトロアメリカン風のカフェだ。

マスターがエルヴィス・プレスリーのファンで、店内は白と赤を基調としたオールドアメリカンな雰囲気の内装になっている。

フロアの中央にあるジュークボックスからは、「オールディーズ」のナンバーが流れていた。

「アイスコーヒーください」

カオルはマスターに注文し、窓際の席に座った。

「オーケー。一文字先生、新しい学校は慣れたかい？」

「まだ、手探り状態で苦戦してますよ」

カオルは、苦笑いしながら言った。

冗談めかしてはいたが、本音だった。

本当は、苦笑いする余裕もないくらいに気持ちが沈んでいた。

「疲れてるみたいだから、飛び切りうまいアイスコーヒー淹《い》れてあげるよ」

マスターがウインクを残し、カウンターの奥に消えた。

カオルは、腕を組み眼を閉じた。

疲れている、というよりも壁に当たっていた。

一般的に不良と言われる少年少女が反抗的になるのは、構ってほしい、理解してほしいという気持ちの裏返しの場合が多い。

だが、ジェームズは愛を求めているわけではない。

ジェームズは人間を心底軽蔑している……そんな気がした。

自分は、ジェームズと分かり合うことができるのだろうか？

「先生？」

眼を開けたカオルの横に立っていたのは、沙理だった。

「おう、田中、こんな時間にどうした？」

生徒は、一時間前には帰っているはずだった。

「先生の帰りを、待っていたんです」

「そうか。ま、とりあえず、座れよ」

カオルは、沙理に対面の席を勧めた。

「なに飲む?」

「あ、じゃあ、アイスティーをください」

「オーケー!」

カウンターの奥から、マスターが親指を立てた。

「どうした? また、お父さんの件で誰かになにかを言われたのか?」

「いいえ。あの……ありがとうございました。ちゃんと、お礼を言えてなかったんで。先生のおかげで、父さんのありがたさがわかりました。私のためを思ってやってきたことを恥ずかしいとか迷惑だとか……ひどい娘でした」

沙理が、泣き出しそうな顔でうなだれた。

「いいんだよ。子供なんて、誰だってそうさ。僕も、ずいぶん親に生意気な口を利いていたよ。母さんなんか死んじゃえ……とかね」

「先生が? 想像できません」

沙理が、驚きに眼を見開いた。

「いまだって、しょっちゅう喧嘩してるよ」

カオルは、静香の顔を思い浮かべつつ言った。

「えっ！　大人なのにですか⁉」

沙理が、素頓狂な声を上げた。

「ああ、ほとんど毎日な」

「ほとんど毎日⁉」

鸚鵡《おうむ》返しした沙理が、破顔した。

「うん、ほとんど毎日。教師だってそんな感じだから、気にしなくていいんだよ。そもそも、子供は親に反発しながら成長してゆくものさ。年齢を重ね、いろんなことを経験しているうちに親の気持ちがだんだんわかってくるんだ。将来、自分が親になったときに、完全に理解できるようになってるから。田中は、十五、六でお父さんの気持ちをわかってあげることができたんだから、僕なんかより全然、立派だよ」

「先生……」

カオルの言葉に、沙理が声を詰まらせ涙ぐんだ。

「青春ドラマしてるね～」

マスターが、絶妙のタイミングでアイスコーヒーとアイスティーを運んできた。

「マスターからみたら、僕はまだまだガキですからね」

「俺も、趣味でこんな店始めるんだから、一文字先生のことは言えないけどね」

マスターは朗らかに笑いながら、カウンターへと戻った。

「田中はまだ、これから半世紀以上も人生が残っている。これから先、いろんなことがある。生きてるのが嫌になるくらいのつらい出来事が起こるかもしれない。そういうときは、お父さんがどれだけ君に愛情を注いで育ててくれたかを思い出しなさい。そしたら、どんな困難でも乗り越えることができるから」

カオルは、沙理の瞳をみつめ、諭すように言った。

父親の職業柄、また、誰かにイジめられないともかぎらない。

沙理には、強い心を持ってほしかった。

「先生って、学園ドラマから飛び出してきたような熱い人ですね」

「単純馬鹿とも言うけどな」

カオルは笑い、アイスコーヒーをストローで吸い上げた。

「あの……桜井君って、退学になっちゃうんですか？」

唐突に、沙理が訊ねてきた。

「退学になんてならないよ。どうして？」

「なんか、問題ばかり起こしてるから……」

沙理が、表情を曇らせた。

「桜井のこと、心配なのか？」

「桜井君とは、小学校からの幼馴染みなんです」

「そうだったのか。田中と桜井が幼馴染みだなんて、意外な感じがするな。小学校の頃の桜井って、どんな子供だった？」

「私が筆箱忘れたときに鉛筆を貸してくれたり、男の子にイジめられているときに助けてくれたり……とても、優しかったです」

「へぇ、あいつ、いいとこあるんだな」

「……本当は、いい人なんです」

沙理が俯き、消え入る声で言った。

「桜井のこと、僕なんかよりずっと詳しいもんな」

「あの……桜井君のこと、お話ししたいんですけど」

顔を上げた沙理が、思い詰めた表情で切り出した。

「桜井のことって、なんだい？」

「私から聞いたって、絶対に言わないでもらえますか？」

「ああ、約束するよ」

「彼が先生達に反抗ばかりする理由を、私、知ってるんです」

「どういうことだい？」

思わぬ展開に、カオルは身を乗り出した。

「桜井君には、中学生の頃につき合っていた保奈美《ほなみ》って恋人がいたんです。保奈美は、私の親友でした。桜井君と保奈美は本当に仲がよくて、お似合いのカップルでした。読書好きの保奈美のために、桜井君はいつも図書館通いをして面白そうな小説を探していました。本なんて読まない桜井君が恋愛小説を読んでる姿がおかしくて……」

沙理が、クスクスと笑った。

「あの桜井が、恋愛小説を？」

「はい。恋愛小説だけじゃなくて、デートのときにはペアルックまで着たりして……」

沙理の思い出し笑いが大きくなった。

カオルは、耳を疑った。

ジェームズが好きな少女のために恋愛小説を読んだりペアルックを着たり……まったく、想像がつかなかった。

「いま、保奈美って子はどこの高校に行ってるんだ？」

「どこにも、行ってません」

「え……？　どういうこと？」

「保奈美は……自殺を図ったんです」

沙理の表情が翳《かげ》りを帯びた。

「自殺……」

カオルは、二の句が継げなかった。

「保奈美の心は、あの事件で壊れちゃって……」

沙理が、嗚咽《おえつ》を漏らした。

「とりあえず、飲んで」

カオルは、氷が溶け始めたアイスティーを勧めた。

鼻を赤く染めた沙理が頷き、ストローを口に含んだ。

「保奈美ちゃんに、なにがあったの？」

「中学の頃、保奈美はテニス部だったんです。真面目なコだったんで、テニスがうまくなるためによく居残りレッスンを受けてました。一年の秋、都大会地区予選の直前になって急に保奈美は学校に出てこなくなりました。保奈美の夢は、全国大会に出場することでした。それなのに、予選を前に無断欠席なんてありえません。そう思っていたのは、桜井君も同じです。心配して保奈美の家に行った桜井君は、保奈美のママから信じられないことを聞かされました……」

沙理が声を震わせ、唇を嚙んだ。

「いったい……なにがあったんだ？」

話の続きを促すカオルの顔は、緊張に強張っていた。

「保奈美は、お風呂《ふろ》に入っているときに手首を切ったんです。家族がすぐに発見して救急車を呼んで一命をとりとめたんですけど……」

「なにが原因で自殺を図ったかわかったのか？」

「はい。保奈美の部屋から出てきた遺書に、自殺の理由が書いてありました。テニス部顧問の男性教諭にレイプされたって……それも、一度じゃなく、何度も……」

沙理が、声を詰まらせた。

「ひどい……」

カオルは、絶句した。

「保奈美、誰にも相談できなかったみたいで……ひとりで、つらかったと思います……」

沙理の頬に、涙が伝った。
十二、三の多感な少女が教師にレイプされたとは、親に言えるはずがない。
泣き寝入りするしかない教え子を薄汚れた欲望の捌《は》け口《ぐち》にするなど、卑劣な男だ。

同じ教師として、許せなかった。

「桜井は、そのことを?」

「はい。保奈美のパパが職員室に乗り込んで大騒ぎになったんで、学校中に噂《うわさ》が広がったんです。桜井君は、野球部から金属バットを持ち出し顧問の家に向かいました。でも、桜井君が家に着いたときには、警察が顧問に手錠をかけてパトカーに乗せるところでした」

「逮捕されたんだな」

「保奈美以外にも、何人も同じようにレイプされていた女の子がいて、懲役六年とか聞きました。保奈美が死んでいたかもしれないのに、たったの六年ですよ!?　保奈美を殺したようなものなんだから、顧問の先生も死刑になるべきです……これじゃ保奈美が、かわいそう……」

沙理の瞳から落ちる涙の滴が、アスファルトを打つ降り始めの雨のようにテーブルを濡《ぬ》らした。

客が、カオル達以外に誰もいないのが救いだった。

カオルは、沙理の小刻みに震える肩に手を置いた。

かける言葉がなかった。

沙理のぶつけようのない憤りは、痛いほどわかる。

顧問の教師がやったことは、卑劣極まりなく決して許されはしない。

だが、保奈美を実際に殺したわけではないので、死刑判決が下されることはありえない。

「それが、桜井が変わってしまったきっかけか……」

カオルが独りごちると、沙理が頷いた。


——明るく快活だった娘は、堕胎してから人が変わったように暗くなりました。不登校になり、一日中、部屋に引きこもるようになってしまって……いまは精神を患って北海道で牧場をやっている私の兄のもとで療養しています。ジェームズは、とても妹思いの兄です。妹の一生を滅茶苦茶にした男の子の兄である風間君にケジメをつけさせようとする気持ちは痛いほど理解できます。

不意に、ジェームズの母親の言葉を、カオルは思い出した。

恋人の女の子が教師にレイプされ自殺を図り、最愛の妹が男に弄《もてあそ》ばれ十四歳の幼さで中絶し心を病んで北海道で療養し……。

「優しかった桜井君は、どこにもいなくなりました。別人みたいに冷たい人になっちゃって……」

沙理が、嗚咽に咽《むせ》んだ。

ジェームズが「別人」になってしまったのは、当然のことなのかもしれない。

「教えてくれて、ありがとうな。いろいろ、参考になったよ」

「私……怖いんです……」

不安そうな瞳で、沙理がカオルをみつめた。

「大丈夫だよ。桜井は、田中のことは……」

「桜井君がやろうとしていることが、怖いんです！」

カオルを遮り、沙理が言った。

「やろうとしてる？　なにを？」

「桜井君、顧問の先生が刑務所から出てくるのを待ってるんですっ」

「えっ……まさか……」

カオルは、胸騒ぎに襲われた。

「先生っ。桜井君を、止めてください！」

「落ち着くんだ、田中。桜井から、なにか聞いてるのか？」

「聞いてません。でも、私にはわかるんですっ。彼は絶対、復讐《ふくしゅう》を考えてるはずです！　お願いしますっ……桜井君は顧問の先生を……」

沙理が顔を両手で覆い、激しく泣きじゃくった。

涙に掻き消された言葉の続きは、聞かずともわかっていた。

「大丈夫だから、落ち着いて。桜井は、そんなに馬鹿な男じゃないさ。それに、彼が優しい男だって言ったのは君だろう？」

「優しいから、心配なんですっ。桜井君が、どれだけ保奈美を大事に思っていたか……。金属バットを手にしたときの彼の眼を、いまでも……忘れられません」

「わかった。近いうちに、桜井とじっくりと話し合ってみるよ」

「お願いします」

沙理が、頭を下げた。

「まるで、桜井の保護者みたいだな」

「え……」

沙理がびっくりしたような顔でカオルをみた。

「あ、年齢から言うと保護者じゃなくて恋人か」

「せ……先生！」

カオルが悪戯《いたずら》っぽく言うと、耳朶《みみたぶ》まで朱に染めた沙理が睨みつけてきた。

「ごめんごめん。冗談だよ、冗談」

口ではそういったカオルだが、図星なのかもしれない。

もしそうだとしたら、喜ばしいことだ。

ジェームズにとって必要なのは、愛情だ。

「ふたりで、取り戻そう」

唐突にカオルが言うと、沙理が首を傾げた。

「なにを取り戻すんですか？」

「純粋で優しい、本当の桜井ジェームズさ」

カオルは、クリスマスプレゼントを前にした幼子さながらに輝く瞳で沙理をみつめた。

沙理の眼に、みるみる涙が浮かんだ。

そのときスーツのポケットで、携帯電話が震えた。

ディスプレイに表示されているのは、「太陽高校」の電話番号だった。

「もしも……」

『一文字先生！　大変です！』

受話口から、教頭の清水の息せき切った声が流れてきた。

「どうしました⁉」

『一之瀬君が、渋谷警察署に捕まったんです！』

「一之瀬が警察に⁉　彼は、なにをしたんですか⁉」

『詳しくは聞いてませんが、一之瀬君が危険ドラッグを所持していたらしいんですよ！』

「い……一之瀬が⁉　なにかの間違いですよ！　だって、彼はサッカーの都大会を控えてるんですよ⁉　そんな馬鹿なこと、するわけないじゃないですか⁉」

そう、なにかの間違いに決まっている。

スポーツ青年の一之瀬が、よりによって危険ドラッグなどやるわけがなかった。

『私もそう思いたいんですが、一之瀬君が渋谷警察署にいるのは事実なんですっ。まったくもう、一Aの生徒はどうして次から次と問題ばかり起こすんですか！』

「すみません。とりあえず、いまから渋谷警察署に向かいます！」

カオルは言い終わると同時に、携帯電話を切った――伝票を手に席を立った。

「一之瀬君、警察に捕まったんですか⁉」

沙理が、心配そうに訊ねてきた。

「そうらしい。僕はこれから、渋谷警察署に行くから。桜井の件は、任せてくれ。じゃあ」

早口で言い残し、カオルはレジで会計を済ませると店を飛び出した。

☆

「『太陽高校』一年A組担任の一文字カオルです。一之瀬和文《かずふみ》の件できました」

渋谷警察署の受付で、カオルは身分証を提示しながら言った。

胡麻塩《ごましお》坊主の警察官が、身分証の写真とカオルの顔を交互にみた。

「二階の『生活安全課』に行ってください」

「ありがとうございます」

カオルは礼を述べ、階段を使って二階へと上った。

すぐに、「生活安全課」のプレイトのかかったフロアを見つけた。

フロアは学校の教室ほどのスペースで、スチールデスクが三十脚ほど並んでいた。

出払っているのか、四、五人の署員しかいなかった。

「すみません！　『太陽高校』からきました一文字カオルです！」

「そんなに大声出さなくても聞こえるよ。こっちきて」

恰幅《かっぷく》のいいワイシャツ姿の中年男性が、顔を顰《しか》めつつカオルを手招きした。

「失礼します」

カオルは頭を下げ、フロアに足を踏み入れた。

「一之瀬和文の担任の一文字カオルです」

カオルが渡した名刺にナメるような視線を這《は》わせていた中年男性が、自分の名刺を無言で差し出してきた。

生活安全課　課長　大山正志《おおやままさし》

「あんたらさ、いったい、どんな教育してるんだい？」

怒りを孕んだ口調で、大山が言った。

「あの、一之瀬は、本当に危険ドラッグを持っていたんでしょうか？」

カオルは、怖々と訊ねた。

「持っていただけじゃなく使用して、センター街のコンビニエンスストアで暴れていたんだよっ」

「えっ……一之瀬が……」

俄《にわ》かには、信じられなかった。

「信じられないなら、みせてやる。いま、取調室だ。こっち」

大山は、フロアの奥に足を進めた。

足を止めた大山が、スチールドアの目線の位置にある小窓の蓋《ふた》を開いた。

「ほら、みてみろ」

大山に促され小窓を覗いたカオルは息を呑んだ。

壁を殴り、蹴りつけ、喚《わめ》き散らす男……一之瀬を、ふたりの制服警官が取り押さえていた。

「どうして……」

「驚いたか？　ずっとあんな調子だ。俺も、さっきやられた」

大山が、ワイシャツの袖《そで》を捲《ま》くると前腕に血の滲《にじ》んだ歯型がついていた。

「一之瀬が、噛んだのですか？」

「ああ、まるで狂犬だ。相当、ドラッグでイカれてる……あ、おい！」

大山の言葉を最後まで聞かず、カオルは取調室の中に踏み込んだ。

「うらぁ！　よくも母さんを殺したな！　てめえら、ぶっ殺してやる！　放せ！」

首筋にイモムシのような血管を浮かべ、泡を吹き、眼を充血させた一之瀬からは、サッカーに打ち込むスポーツ青年の面影は微塵《みじん》もなかった。

「ああやって、ドラッグの影響で被害妄想になっているんだ。危険ドラッグっていうのは、ある意味、覚醒剤《かくせいざい》より質《たち》が悪い」

大山が、吐き捨てるように言った。

「一之瀬っ、僕だ！　わかるか！」

カオルは、一之瀬の前に歩み出た。

「なんだてめえ！　どこのヤクザだ！　俺を殺しにきたのか！」

白眼を剥《む》いた一之瀬が、カオルに喚き散らした。

その形相は、常軌を逸していた。

「しっかりしろっ、一之瀬！」

「うるせえ！　ぶっ殺す！　ぶっ殺す！　ぶっ殺す！」

一之瀬は、制服警官の腕に嚙みつき、急所を蹴り上げた。

「いまは、まともに話ができる状態じゃないから、とりあえず外に出よう」

カオルは、大山の言葉に素直に従った。

「とりあえず、座って」

取調室から出た大山は己のデスクに腰を下ろし、カオルに丸椅子を勧めてきた。

「刑事さん、危険ドラッグというのは巷《ちまた》で噂の脱法ハーブのことですか？」

脱法ハーブとは、大麻に似た作用を持つ薬物……合成カンナビノイドなどを乾燥植物に混ぜ込んだものだ。

建前ではあたかも料理で使うハーブや芳香剤のポプリを装い販売されているが、覚醒剤や大麻などの規制薬物より毒性が高いとも言われている。

「最近では、ハーブだけじゃなく、お香、アロマオイル、バスソルトなんかにも偽装して売られている。シャブなんかに比べて何十分の一の低価格だから、十代の若者にあっという間に蔓延《まんえん》したっていうわけだ」

「一之瀬は、どうやって危険ドラッグを手に入れたんですか？」

カオルの知るかぎり、一之瀬が六本木や渋谷のクラブに出入りしているとは思えない。なにより、ドラッグどころか煙草を吸うイメージもない生徒だった。

「まだ、内偵中だから詳しいことは言えないが、お宅の学校の生徒に危険ドラッグの売り子がいるようだ」

「ウチの生徒に売り子が⁉」

カオルは、裏返った声で大山の言葉を繰り返した。

視界が、モノクロに染まった。

10

「健《けん》さんに続いて、文太《ぶんた》兄ぃまで…………あたしの王子様ふたりが立て続けにいなくなるなんてさ、神様も残酷だよ！　はぁ〜代わりにいなくなればいい男なんていくらでもいるのに！」

ソファで立て膝《ひざ》をつき昭和の名俳優の追悼番組を観《み》ていた静香《しずか》が、缶ビールを呷《あお》った。

テーブルには、スルメ、ポテトチップス、枝豆が散乱していた。

相変わらず、母親としての自覚はゼロだ。

カオルは静香の隣に座りテレビに視線を向けていたが、番組の内容は頭に入ってこなかった。

「結婚するなら健さん、恋人にするなら文太兄ぃね。健さんは頼りがいのある夫ってタイプで、文太兄ぃはヤンチャでわがままな問題児だけどあたしにだけは頭が上がらないって感じで……もう、かわいい！　ねえねえ、あんたはどっちになりたい⁉　健さんみたいな寡黙なタイプか、文太兄ぃみたいなヤンチャなタイプか……ねえねえ、聞いてるの⁉」

静香が、カオルの腕を叩《たた》きながらなにかを話しかけていた。

——まだ、内偵中だから詳しいことは言えないが、お宅の学校の生徒に危険ドラッグの売り子がいるようだ。

——ウチの生徒に売り子が⁉　まさか、ウチの生徒が麻薬の売り子だなんて……。

渋谷警察署の刑事……カオルの記憶に、大山とのやり取りが蘇《よみがえ》った。

——麻薬じゃない。危険ドラッグだ。

——どっちも人間を廃人にするって意味では、同じようなものでしょう⁉

——たしかに、先生の言う通りだ。シャブと同じように……いや、コストを下げるために粗悪な化学物質を混ぜてるって意味では、危険ドラッグのほうが質《たち》が悪い。だが、ハーブやアロマオイルのパッケージに入っていて値段も麻薬類の数十分の一程度の低価格っていうのが、学生達から罪の意識を奪っているのさ。今回、一之瀬が吸引したのはアメリカから流入した「ハートショット」という危険ドラッグの王様だ。

――「ハートショット」？

カオルは、聞きなれない名前を繰り返した。

――ああ。白いパウダーの形状から、アメリカでは入浴剤の「バスソルト」って呼ばれてるらしい。国内でもこの二ヶ月で既に二十人が「ハートショット」で死んでいる。

――二十人……。

カオルは、二の句が継げなかった。

――MDPVって化学物質がシャブの二倍の効果を発揮すると言われてて、物凄《ものすご》く凶暴になったり臆病《おくびょう》になったりを繰り返すそうだ。二〇一二年にフロリダ州で起きた「マイアミゾンビ事件」を知ってるか？

――ゾンビ事件……なんですか、それ？

――なんだ。学校の先生なら、ニュースくらいみろよ。「ハートショット」で錯乱状態になった男が路上で寝ていたホームレスに突然襲いかかり、顔面の八割を食いちぎったっていう凄惨《せいさん》な事件だ。

話を聞いているだけで、脳みそが粟立《あわだ》った。

人間が人間の顔面を食いちぎるなど、まさにゾンビ映画さながらだ。

——その悪魔のドラッグが、十代の若者の間で蔓延《まんえん》してるんだよ。

——誰なんですか？　一之瀬に危険ドラッグを売った生徒は？

——さっきも言ったように、内偵中だから詳しくは話せない。捜査に進展があったら連絡するから。


口になにかを突っ込まれた。

粘膜が爛《ただ》れるような熱さに、カオルは現実に引き戻された。

「からっ……」

膝の上に吐き出されたのは、朱色に染まったスルメだった。

「タバスコたっぷりのスルメはうまいだろ？」

涙に滲《にじ》む視界に、歯を剝《む》き出しにして笑う静香の顔がズームアップした。

カオルはキッチンに駆け、蛇口を捻《ひね》った——水をガブ飲みすると、口の中が余計に火がついたように熱くなった。

「水じゃだめだっつーの。鎮火するにはこいつが一番」

静香が差し出してきた牛乳の入ったグラスをひったくるようにし、カオルは一気に飲み干した。

「な、なにするんだよ！」

「さっきからあたしを無視してるからさ」

「考え事してただけだよ！　どっちにしても、返事しないからってそんなことする母親がいるかよ！」

「ここにいるよ～ん」

静香が、己の鼻を指差した。

「お袋と遊んでる暇はないんだよ」

力なく言うと、カオルはリビングに戻った。

ソファに背を預け、カオルは虚《うつ》ろな瞳《ひとみ》で宙をみつめた。

「張り合いがねーな。いつもだったらもっと言い返してくんのによ。なんかあったのか？　教え子がシャブやってるとか？」

カオルは、弾かれたように静香をみた。

「え……冗談で言ったのに、もしかしてビンゴ!?」

「覚醒剤《かくせいざい》じゃなくて、危険ドラッグだけどね」

カオルは長いため息を吐《つ》き、つい一時間ほど前の衝撃的な出来事を話した。

「ウチらのときはシンナーやトルエンだったけど、最近のガキは洒落《しゃれ》たもん吸ってんな」

「お袋！」

カオルは、静香を睨《にら》みつけた。

「ごめんごめん。悪乗りが過ぎたね。ところで、その子の親は知ってんのか?」

「うん。さっきまで、一緒だったよ」

「それで、あんたは担任なのに戻ってきていいわけ?」

「親に話があるから先に帰って待っててくれって刑事さんに……」

インタホンが、カオルの言葉を遮った。

カオルはソファから立ち上がり、壁に埋め込まれたインタホンのモニターに視線をやった。

モニターには、中年の男性と女性が映っていた。

女性のほうは、一之瀬の母親だ。ということは、男性のほうは父親か?

「誰?」

静香が、くわえ煙草《タバコ》で訊《たず》ねてきた。

「一之瀬のご両親だと思う。近くのカフェに行くから、出てこないでよ」

静香に釘《くぎ》を刺し、インタホンの通話ボタンを押した。

生徒の両親に紹介できる教師の親ではない。

「いま開けますからお待ちください」

玄関に向かったカオルは、沓《くつ》脱ぎ場の壁にかけられた鏡で身嗜《みだしな》みを整え、ドアを開けた。

「一之瀬君のご両親……」

「この学校はどうなってるんですか！　あなた、担任なのに、なにも気づかなかったんですか⁉」

ドアを開けるなり、母親が猛然とした勢いで食ってかかってきた。

「すみません。僕も、まさか一之瀬君がこんなことになるなんて驚いてます」

「なにを他人事《ひとごと》みたいに言ってるの！　和文は、誰かに脅されたに決まってるわっ」

「誰かと言いますと？」

「そんなの、私にわかるわけないでしょう！　あなたは担任だから、和文を利用しているような生徒の見当とかつかないんですか⁉」

母親が、ヒステリックな口調でカオルに詰め寄った。

「僕の知るかぎり、一之瀬君にそういう交友関係はありませんでした。彼はスポーツマンで、不良とつるむようなタイプではありませんでしたから」

「だから、和文を脅迫して無理やり危険ドラッグをやらせた生徒がいるって言ってるじゃない！」

母親は、完全に冷静さを失っていた。

警察で、息子のあの姿を目の当たりにしたら取り乱す気持ちもわかる。

「先生が受け持つクラスに、桜井君という問題児がいるらしいですね？　桜井君と同じ中学に通っていた生徒の親御さんと親しくて、彼の噂《うわさ》はいろいろと聞いています」

それまで黙っていた父親が、口を開いた。

「はい。桜井ジェームズという生徒はウチにいますが……。つまり、お父様は桜井が危険ドラッグを息子さんに勧めたと……」

「勧めたんじゃなく、脅迫だって言ってるでしょう！　和文は気の弱い子だから、その桜井って不良に脅されたのよ！」

カオルを、母親が凄い剣幕で遮った。

あの大山という刑事は、「太陽高校」に危険ドラッグの売り子がいると言っていた。

もしかして、ジェームズが……。

カオルは、慌てて疑念を打ち消した。

いくらジェームズが問題ばかり起こすからといって、根拠もなく疑うなんて……。

自分は、教師失格だ。

カオルは、激しい罪悪感に苛《さいな》まれた。

「たしかに、桜井は問題児かもしれません。でも、だからといって、それだけで危険ドラッグを扱っているって疑うのは違うと思いますっ」

カオルは、語気を強めて言った。

一之瀬の両親に、というより自分に言い聞かせた。

自分は、一瞬とはいえ教え子を疑ってしまったのだ。

「じゃあ、先生は和文が悪いって……」

「あたりめえだろうが！」

母親の声を、静香の怒声が遮った。

静香が、煙草を吹かしながら現れた。

「てめえのガキがドラッグやってパクられたんだから、悪いに決まってんだろうが！　さっきから聞いてりゃよ、なに家まで乗り込んで教師に逆ギレしてんだよ！　だいたいな、てめえらふたり揃《そろ》って過保護だから、ガキが善悪わからなくなるんじゃねえか！」

「き、君は、誰なんだ⁉」

父親が、気圧《けお》されながら訊ねた。

母親も、あんぐりと口を開けて言葉を失っていた。

金髪に赤のベロアのセットアップ姿というヤンキースタイルの女がいきなり怒鳴りつけてきたのだから、驚くのも無理はない。

「こいつの母親だよ！」

静香が、カオルを顎《あご》でしゃくった。

「あ、あなた、そんなヤクザみたいな口調で……」

「ヤクザみてえに言いがかりをつけてきたのはおめえらだろうが！　ああ⁉　ウチの息子は誰かに脅迫されたとかなんとか、どこまで人のせいにすりゃ気が済むんだ！　馬鹿親だから、馬鹿息子が生まれんだよ！」

片方の眉《まゆ》を下げ、父親と母親に交互にガンをつけ巻き舌を飛ばす静香の迫力はまさにヤクザ顔負けだった。

「せ、先生の母親が父兄を脅迫するなんて、ピ……ＰＴＡに訴えますよ！」

怯《おび》えつつも、母親が反撃に転じた。

「おう！　上等だっ、こら！　訴えてみろや！」

「お袋、もう、いいから」

カオルは、こめかみに太い血管を浮かせ怒り狂う静香を宥《なだ》めるように肩を叩いた。

「よかねえよ！　訴えてみろっつってんだよ！　てめえのガキがドラッグやってサツにパクられたことに逆ギレした親とウチのカオルのどっちが悪いか、はっきりさせようじゃねえかよ！」

「お袋っ、ここは僕に任せて！　とりあえず、部屋に戻ってて！」

カオルは、強い口調で言いながら静香を回れ右させて背中を押した。

「ったく、しょうがねえな！」

舌打ちしながら、静香が奥の部屋に消えた。

「母が、失礼なことを申しましてすみません」

カオルは、蒼白《そうはく》な顔で固まっている両親に頭を下げた。

「息子さんが落ち着いたら、面会に行っていろいろと話してきます。なぜ、危険ドラッグなんかに手を出すことになったのか……誰から、入手したのかを。でも、どんな事情があったにしても、一之瀬君が危険ドラッグをやったということは事実として受け入れ、罪を償わせなければなりません。ご両親が息子さんを大切に思う気持ちと別に、しっかり言い聞かせることが大事です。それが、彼の将来のためですから」

カオルは、ひと言、ひと言に思いを乗せて言った。

かわいい子供を庇《かば》いたくなる気持ちはわかる。

だが、子育てにおいて褒めるのと同じくらいに必要なのは、子供が道を踏み違えたときにきちんと叱《しか》ることができることだ。

「あなた、こんな人達を相手にしている暇はないわ。和文のために、腕利きの弁護士を探しましょう。先生には、もう頼みません！　和文は、私達で救いますから！」

母親は、捨て台詞《ぜりふ》を残すと父親と連れ立って玄関を出た。

カオルは、しばらくの間、玄関に立ち尽くしていた。

もう少し、自分が注意深く気を配っていたら、一之瀬の異変を察知できたかもしれない。

新学期早々、ジェームズや沙理の問題にかかりきりになり、ほかの生徒にたいして眼が行き届いていなかった自分をカオルは自責した。

「僕は……」

カオルは、唇を嚙《か》み、拳《こぶし》を握り締めた――無力な自分を呪《のろ》った。

☆

「渋谷警察署」の生活安全課のフロアの待合ベンチにカオルは座っていた。

昨日と同じく、フロアには数人の署員しかいなかった。

この時間帯から夜にかけて、渋谷の繁華街をパトロールするのでほとんどの署員は出払っているらしい。

「お待たせ」

フロアの奥――取調室のドアが開き、大山が現れた。

カオルは腰を上げ、大山のもとに向かった。

「昨日より、だいぶん、落ち着いたよ」

取調室のドアの小窓のカバーを開き、大山が促すように言った。

カオルは、小窓に顔を近づけた。

スチールデスクの椅子《いす》に深く背を預けた一之瀬は、無表情に虚ろな視線を宙に漂わせていた。

「落ち着いてはいますけど、なんだか元気がありませんね」

「そりゃな。あんだけ暴れたんだから、疲れもするだろう。もともと、シャブや危険ドラッグは使用した翌日に物凄い倦怠感《けんたいかん》に襲われるのさ。なにもやる気が起きなくて、喋《しゃべ》るのも億劫《おっくう》になる。

内臓に鉛を詰め込まれたように身体《からだ》が重くて、ひどい気分らしい。その最悪な気分から抜け出すために、またドラッグに手を出す。そうやって、精神も肉体もボロボロになり最終的には廃人になるんだよ。今回をきっかけにドラッグをやめられればいいんだが……」

「一之瀬は、これからどうなるんですか？」

カオルは小窓から顔を離し、大山に訊ねた。

「署内の留置場に十日から二十日くらい勾留後に、鑑別所に送致する。鑑別所というのは、少年審判を受けるまでの約一ヶ月間、少年を鑑別……分所するための施設のことだ。鑑別所では……」

「あ、ちょっと待ってください」

カオルは、慌ててスマートフォンを取り出してメモ機能にした。

「すみません。続きをお願いします」

「鑑別所では面接を行い、少年自身の気持ちや考えを聞くことで問題の所在を確認する。ほかには、知能や性格を把握するために様々なテストや、少年の素の姿を把握するために行動観察を行う。絵画、作文、読書を通して、少年とのコミュニケーションを図る。それらと並行して、家庭裁判所調査官も少年や保護者と面接し、情報を収集する。判定会議を開き、討議を経て、少年の処遇方針について結論を出す。判定会議の結果から鑑別結果通知書が作成され、少年審判になる。大人でいえば、裁判だな。少年審判の結果、少年院送致になるかどうかが決まるって流れだ」

「一之瀬は、少年院送致になるんでしょうか?」

少年審判までの流れをスマートフォンに打ち込んだカオルは、恐る恐る訊ねた。

「初犯だから普通なら保護観察で済む可能性が高いが、いまのままじゃ少年院行きだな」

大山が、ため息を吐いた。

「暴れる可能性があるからですか?」

「いや、ドラッグが抜けて禁断作用を克服すれば暴れることもなくなるだろう。問題は、ドラッグの入手ルートを黙秘していることだ。少年院送致になるかどうかは鑑別所が作成する鑑別結果通知書と、調査官による調査結果の内容が重要になる。鑑別所でなによりも問われるのは、少年が罪を悔い改めているかどうかだ。入手ルートを明かさないなんて、反省以前の問題だ」

「一之瀬は、なにも語らないんですか?」

「ああ、ずっとあの調子で、なにを聞いてもうんともすんとも言わない。そこで、先生にきてもらったんだ」

「僕が、聞き出すということですね?」

大山が頷《うなず》いた。

「ご期待に沿えるかどうかわかりませんが、とりあえずやってみます」

「こっちの捜査でわかっていることは、一之瀬に危険ドラッグを売ったのは『太陽高校』の生徒だということだけだ」

「それは、どうしてわかったんですか？」

「一之瀬が補導されてすぐに、若い男の声で密告電話があった。センター街のコンビニエンスストアで暴れて補導された一之瀬和文に危険ドラッグを売ったのは、彼と同じ『太陽高校』の生徒で、六本木の半グレグループの仲間だってな」

「密告電話してきた若い男って、誰なんですか？」

「それがわかれば、先生にこんなことは頼まんよ。どこの誰とも名乗らず、ドラッグを売った生徒が男子か女子かもわからん。もしかしたら、ガセかもしれない。だが、一之瀬が口を割らないところをみると、あながちガセじゃないような気がする。誰かにひどく怯えている……一之瀬に危険ドラッグを売ったのは、口を割れないほどの怖い相手だと俺は踏んでるんだがな」

一之瀬に危険ドラッグを売ったのは、「太陽高校」の生徒で口を割れないほどの怖い相手――大山の推理を聞いていたカオルの脳裏に、ふたたび、ジェームズの顔が浮かんだ。

「わかりました。とにかく、一之瀬と話してきます」

あれやこれやと考えても仕方がない。

まずは、一之瀬の口から真実を訊《き》き出すのが先決だ。

カオルはドアをノックし、取調室に入った。

相変わらず、一之瀬は魂の抜けた表情で宙の一点をみつめていた。

顔色も青白く、微動だにしないその姿はさながら蠟《ろう》人形のようだった。

眼の下には色濃い隈《くま》が貼《は》りつき、頬《ほお》は断食した修行僧のようにげっそりとこけていた。手の甲には擦り傷が無数に走り、前腕にはところどころ内出血ができていた。暴れたときにできたものなのだろう。

「体調のほうは、どうだ？」

笑顔で語りかけながら、カオルは一之瀬の正面の椅子に座った。

一之瀬のリアクションはまったくなかった。

「サッカー少年のお前が危険ドラッグをやるなんて……あんまり、驚かせるなよ」

カオルは、明るい口調で言った。

当然のように、一之瀬は無反応だった。

薬物の副作用で朦朧《もうろう》としているのか、故意に無視しているのか……どちらにしても、一之瀬と会話するのは容易ではなさそうだった。

「ウチのクラスは問題児だらけで白髪が増えそうだよ。僕が教師を目指したきっかけは、『3年B組金八先生』って国民的学園ドラマの坂本金八って先生に憧《あこが》れてなんだ。知ってるか？　あの有名な第二シリーズの、『腐ったミカンの方程式』を？」

一之瀬に聞こえているのか聞こえていないのかはわからなかったが、構わなかった。

耳ではなく、心で聞いてくれればよかった。

「『荒谷二中』って荒廃した中学から手に負えなくて放《ほう》り出された加藤優って生徒が、金八先生のいる『桜中学』に転入してきた。大人を眼の仇《かたき》のように反抗し荒れ狂う加藤にたいし、『桜中学』の教師達からも追放したほうがいいという声が上がり始めた。『箱の中に腐ったミカンがひとつあると、他のミカンも全部腐ってしまう。だから、腐ったミカンを見つけたら、すぐに箱から捨てなければならない』とね。そんな教師達にたいしての金八先生の言葉を聞いた僕は、教師になろうと決意したんだ」

一之瀬のガラス玉のような瞳からは、いかなる感情も読み取れなかった。

いや、薬物に冒されているいまの一之瀬には、そもそも感情さえなくなっているのかもしれない。

「『我々は機械やミカンを作ってるんじゃないんです。人間を作っているんです。そして、人間の性根が腐りきってしまうことなんか、絶対に有り得ないんです。それを防ぐのが我々教師じゃないんですか。そして、もしも、もしも、それが出来ないのであれば我々は教師を辞めるべきなんです。正直言って私も自信がありません。しかし、他の三年の先生方も協力してくれると言ってくれてますし……なによりも、いまの加藤を見殺しにするような真似は絶対したくないんです。お願いです、最後までボクにやらせて下さい』って……」

購入したＤＶＤを繰り返し観ていたカオルは、ほとんどの台詞を覚えていた。

「暗記力いいんですね」

不意に、一之瀬が呟《つぶや》くように言った。

「なんだ？　聞こえてたのか。暗記力がいいんじゃなくて、『金八先生』が好き過ぎて、何百回も観たからだよ」

カオルは、逸《はや》る気持ちを抑えた。

いま、急いで核心に切り込むと、せっかく開きかけた一之瀬の心の扉が閉まるかもしれない。

「お前達の世代では、どんな学園物が人気なんだ？」

本当は、危険ドラッグを誰から買ったかを聞きたかったが、カオルは、まったく関係のない質問をした。

「ナイジェリア人です」

突然、一之瀬が口を開いた。

「え？　なにがナイジェリア人なんだ？」

思わず、カオルは訊ね返した。

「俺が『ハートショット』を購入した相手を聞きたいんですよね？　六本木を歩いていたとき、ナイジェリア人に声をかけられたんですよ。何度も断ってたんですけどしつこくて……それに、逆ギレされたら怖いと思って、とりあえず買ったんです。値段も三千円とかだったし、あとで捨てればいいかって思って」

薬物の影響なのか、一之瀬の口調は気だるげなものだった。

「そうか。六本木の、どのあたりなんだ？」

「六本木交差点の近くです」

一之瀬が、即答した。

疑わしかった。

場所がどうのという問題ではない。

一之瀬の話自体に、カオルは不自然さを覚えていた。

六本木でナイジェリアの売人から声をかけられ、危険ドラッグを買った。

不自然どころか、リアリティのあるシチュエーションだった。

だが、リアリティがないのはそのシチュエーションと一之瀬の組み合わせだった。

まず第一に、一之瀬が六本木をふらつくイメージがない。

第二に、一之瀬はナイジェリア人にしつこく声をかけられたからといって怯え、ドラッグを購入するような臆病な男でも、そしてなにより、興味本位で危険ドラッグをやるような男でもなかった。

もちろん、自分の知らない一之瀬がいる可能性もある。

しかし、一之瀬は嘘《うそ》を吐いている。

根拠はなかった。教師としての直感だ。

「昨日、お前のご両親が訪ねてきた」

それまでは、心ここにあらずといったふうだった一之瀬の顔に微《かす》かに動揺のいろが窺《うかが》えた。

「ひどく、怒ってたよ。息子を脅迫して危険ドラッグをやらせた不良がいるって。息子も被害者だって。ご両親とも、そんなふうなことを言ってたよ」

カオルは、一之瀬の変化に気づかないふりをして話を続けた。

「それが、なにか？」

「親って、ありがたいよな。子供が世界中を敵に回しても、親だけは味方でいてくれる」

「なにが、言いたいんです？」

一之瀬の声のトーンが微かに低くなった。

「お前はいけないことをした。だから、罪を償わなければならない。もし、お前と同じようなことをしている知り合いがいるなら……その人間もだ」

「だから、なにが言いたいんです？」

口調では平静を装っている一之瀬だが、机の上に置かれた手を何度も組み替えていた。

「なにか事情があるのかもしれないが、真実から眼を逸《そ》らしちゃだめだ」

「だから、真実を話したじゃないですか？」

カオルは無言で、一之瀬の瞳をみつめた。

「残念だな。一文字先生は、生徒を信じてくれる先生だと思ってました。金八先生とは、大違いですね」

「僕が金八先生を大好きなのは、ときに躓《つまず》いても、ときに間違っても、いつだってその根底には生徒の将来を思う熱い気持ちがあったってところだよ。よくあるヒーロー物のドラマと違って、みた目も格好よくないし、短気だし、早とちりもする。だけど、損得なしに体当たりで生徒と向き合う金八先生のことを、僕はどんなパーフェクトなヒーローよりも格好いいと思った。僕も、そんな教師であろうと誓った」

カオルは言葉を切り、一之瀬の手を掌《てのひら》で包んだ。

「もしかしたら僕は、一之瀬を傷つけているのかもしれない。でも、わかってほしいのは、その傷は、お前に致命傷を負わせないようにつけたものだよ」

「とにかく、俺は真実を話しましたから」

一之瀬がカオルの手を払い、眼を伏せた。

「もし、お前が真実を話していないなら、少年院に送致されてしまうんだぞ？　それでも、言うことは変わらないのか？」

祈るような気持ちで、カオルは訊ねた。

「変わりません」

眼を伏せたまま、一之瀬が言った。

嘘――確信した。

一之瀬に危険ドラッグを売った人間は、大山の言う通り「太陽高校」の生徒に違いなかった。

「わかった。とりあえず今日は帰るけど、最後にひとつ、訊いてもいいか？」

「なんですか？」

「Jリーガーになる夢は、諦《あきら》めるのか？」

俯《うつむ》いているので、一之瀬の表情は読めなかった。

取調室の空気が、重苦しく感じた。

沈黙が、つらかった。

いまの一之瀬に、残酷な質問なのはわかっていた。

わかっていたが、敢《あ》えてカオルは口にした。

一之瀬の手の甲に、涙が落ちて弾けた。

カオルは、膝の上に置いた拳を握り締めた。

心が、悲鳴を上げていた。

肩を小刻みに震わせる一之瀬——情に、負けそうになる自分がいた。

奥歯を嚙み締め、堪《こら》えた。

「お前のサッカーへの思いは、そんなものなのか？　薬物やって、自棄《やけ》になって……お前の夢って、そういう自分になることだったのか？」

心とは裏腹に、カオルは一之瀬を追い込んだ。

一之瀬の口から、嗚咽《おえつ》が漏れ始めた。

胸が震えた——抱きしめてやりたい衝動を封印した。

一之瀬の未来を守るためなら、鬼にでも悪魔にでもなるつもりだった。

「小学校の頃、将来の夢を作文になんて書いたんだ？　大人になったら、日本一のサッカー選手になる……そんなふうに書いてたんじゃないのか？　いまのお前はどうだ？　死んだ魚みたいな眼をして、抜け殻みたいになって……夢と希望に胸を膨らませていた小学生の一之瀬に謝れよ！」

カオルが非情に畳みかけると、一之瀬が机に突っ伏し幼子のようにしゃくり上げた。

大袈裟《おおげさ》ではなく、いまが運命の分かれ道だ。

「どうして、危険ドラッグに手を出したか、本当のことを話してくれないか？」

戻ってこい……いまなら、まだ間に合う。幼い頃、思い描いていた夢を叶《かな》えることができる。


カオルは、胸のうちで一之瀬に訴えかけた。

「ナイジェリア人から……買いました」

一之瀬が、涙に塗《まみ》れた顔を上げて咽《むせ》びながら言った。

「ごめんなさい……ごめんなさい……」

カオルは立ち上がり、嗚咽交じりに謝る一之瀬を抱き締めた。


ごめん……。

カオルも、心で謝った。

生徒ひとりも闇《やみ》から救えない自分を……。


カオルは、暗鬱《あんうつ》な気分で「渋谷警察署」をあとにした。

最後まで、一之瀬の心の扉を開くことができなかった。

このままでは、一之瀬の少年院送致は決定的だ。

カオルは立ち止まり、天を仰いだ。

星のない漆黒の夜空が、カオルの気分をより一層落ち込ませた。

「カオルちゃんも、そんな顔するときあるんだ」

不意に、声がした。

声の主を視線で追ったカオルは、息を呑《の》んだ。

「こんなところで、なにしてるんだ?」

カオルは、ガードレールに腰かけているジェームズに歩み寄った。

「自首しにきた」

「えっ、自首!?」

カオルが頓狂《とんきょう》な声を上げると、警察署の入り口で警杖《けいじょう》を持って立っている警察官が鋭い眼をジェームズに向けた。

「なにマジになってんだよ？　冗談だよ」

ジェームズが、人を食ったように笑った。

「カオルちゃんには、冗談に思えないみたいだな」

「どういうことだ？」

「俺が自首して当然って顔してるぜ？」

「そんなわけないだろう」

言葉とは裏腹に、カオルは混乱していた。

なぜ、ジェームズがここにいるのか？

一之瀬が危険ドラッグをやっていたことを誰かに聞かされたのか？

それとも、もともと知っていたのか？

「図星って顔してるな」

ジェームズは、なにかを試しているようだった。

「桜井、言いたいことがあるなら、はっきり言いなさい」

「一之瀬の危険ドラッグ、俺が売ったと思ってるんだろ？」

ジェームズの顔から、笑みが消えた。

カオルは、ジェームズの茶色がかった瞳を直視した。

五秒……十秒……三十秒……。

息の詰まるような沈黙が続いた。

「やっぱり、図星って顔をしてるぜ」

「ああ。図星だ。僕は、一之瀬の事件に、お前が絡んでると疑ったよ」

カオルは、ジェームズから視線を逸らさずに言った。

ジェームズの高笑いが、漆黒の空に吸い込まれた。

☆

「で、カオルちゃんは、いまも俺を疑ってんのか？　一之瀬を危険ドラッグの世界に引き込んだんじゃないかって」

ジェームズが、カオルのなにかを試すように訊ねてきた。

「疑ってないと言えば嘘になる。なんの証拠もないのにそんなふうに思うなんて、教師として失格だな」

カオルは自嘲《じちょう》気味に言うと、小さくため息を吐いた。

根拠もなく生徒を疑うなど、教師として最低だ。

だが、心のどこかでそう思っている以上、自分をごまかしたまま生徒と向き合うことはできなかった。

「まあ、いいんじゃないの？　正直でさ。俺みたいな問題児は、疑われても仕方がないからな」

ジェームズが、皮肉っぽく言った。

「そんなふうに思わせてしまって、悪いな」

「なんで謝るんだよ？　俺が危険ドラッグの売《うり》に関《かか》わってんのなら、謝る必要ないだろ？」

「そういう問題じゃなくて……」

「言い訳はいいって。カオルちゃんの罪悪感につき合う気はないからさ。知りたいこと教えてやるよ」

言い終わらないうちに、ジェームズはガードレールから腰を上げると歩き出した。

「どこに行くんだ？」

慌ててあとを追いつつ、カオルは訊ねた。

「サッカー少年がどうしてああなったかを、教えてやるからさ」

ジェームズは振り向かずに、早足で歩きながら言った。

ハチ公口に移動したジェームズは、センター街に足を踏み入れた。
二、三十メートルほど歩いたところで、ジェームズは雑貨店に入った。
「カオルちゃん、頼むよ」

しばらくして、レジの前に立ったジェームズがカオルに手招きした。

「ん？　なんだ、これは？」

レジカウンターには、キャップとサングラスがふたつずつ置かれていた。

「格安なの選んどいたから、五千円で足りるよ」

「ちょっと待てよ……どうして……」

「生徒を救えると思えば安いもんだろ？」

わけがわからないまま、カオルは五千円札を店員に渡した。

「お前、教師の給料は安いんだぞ？」

冗談半分、本気半分の口調でカオルは言った。

「ケチくさいこと言うなって」

ジェームズが買ったばかりのキャップをカオルに被《かぶ》せ、サングラスをかけさせた。

「その服装にキャップとサングラスじゃ、変質者みたいだな。スーツの上着を脱いで、ネクタイを外したほうがいい」

ジェームズはカオルに指示を出しつつ、自らもキャップとサングラスを身につけた。

「いったい、なにをする気なんだ？」

上着を脱ぎネクタイを外したカオルは、怪訝《けげん》な顔で訊ねた。

ジェームズはカオルの問いに答えず、雑貨店を出た。

センター街を奥へ……ジェームズは「宇田川《うだがわ》交番」を通り過ぎ、五十メートルほど進むとバブル時の名残である煉瓦造《れんが》りのマンションの薄暗いエントランスに入った。

迷わずエレベータに乗り、八階のボタンを押した。

「なあ、いい加減に教えてくれ。このマンションになにがあるんだ？」

カオルは、上昇するオレンジ色の階数表示ランプを見上げているジェームズの横顔に話しかけた。

「ネットカフェさ」
4、5、6と階数の番号を染めてゆくランプを視線で追いながら、ジェームズが言った。
「ネットカフェ？　なんで、ネットカフェに行くんだよ？」

「たまには、カオルちゃんとゆっくり語り合おうと思ってさ」

ジェームズがウインクして、八階に到着したエレベータを降りた。

「ネットカフェ　フォレスト」のプレイトがかかったドアの前で、ジェームズが足を止めた。

ジェームズは躊躇《ちゅうちょ》せずにドアを開けた。

ダウンライトの琥珀《こはく》色の照明に染まった空間には、パーティションで仕切られたいくつもの小部屋があった。

「いらっしゃいませ。ご利用は初めてですか？」

小さなカウンターの奥で漫画を読んでいた金髪坊主の店員が腰を上げた。

「俺は二回目で、彼は初めて」

ジェームズは言いながら、店名が印刷されたカードを提出した。

恐らく、会員カードなのだろう。

「今日は、どのコースにしますか？」

金髪坊主の店員は顔色が異常に悪く、発展途上国の難民さながらに痩《や》せていた。

料金表には、一時間ごとの料金とパック料金、ひとり用個室、ふたり用個室、オープンスペースのタイプ別の料金が書いてあった。

「ふたり用の個室を三時間パックで」

「千八百円になります」

「カオルちゃん」

ジェームズが、促すようにカオルを振り返った。

「また、僕が払うのか⁉」

「生徒に払わせせんのかよ？」

カオルはため息を吐き、二枚の千円札を店員に渡した。

「延長ご希望の際は三十分前までにお報《しら》せください。延長料金は三十分につき五百円になります。飲み物は基本料金に含まれていますのでドリンクバーをご利用ください。お食事は別料金になります。お部屋にメニューが置いてありますので、備え付けのモニターからご注文ください。コミックのお部屋への持ち込みは一度に五冊まででお願いします。ほかのお客様に迷惑になる行為がありましたら強制退室となりますのでご了承ください。時間内の外出は自由ですが飲食物、漫画、雑誌等の持ち込みは厳禁になります。持ち込みが発覚した場合没収になりますので。お部屋はその通路を左に曲がって五番目の青いドアのEルームになります。では、ごゆっくりどうぞ」

金髪坊主の店員が、日に何十回も口にしているだろうマニュアルを事務的に説明し、釣りの二百円と伝票を載せたトレイを差し出した。

ジェームズは、カオルを先導するように歩き出した。

「ここみたいだな」

ジェームズが、Eのプレイトのかかった半開きの青いドアを開けた。

室内は二畳ほどのスペースにリクライニングチェアが二脚とデスクトップのパソコンが二台並んでいるだけの簡素な空間だった。

「とりあえず、座ろうぜ」

ジェームズは、そそくさとリクライニングチェアに腰を下ろした。

「ふたり用個室が三時間で千八百円なんて、安いんだな」

カオルは言いながら、ジェームズの隣のリクライニングチェアに座った。

「基本料金だと割高なんだよ。十二時間パックってのもあって、たしか三千円だったんじゃないかな」

「みんな、ここでなにをするんだ?」

「ネットしたり漫画読んだり……寝るときにも使うかな。帰るとこなくて、部屋代わりに使ってる奴もいる」

「まあ、十二時間でふたり三千円なら、カプセルホテルの代わりに使う人もいるだろうな。背凭《せもた》れを倒すと、ゆったりできるし」

「ああ、リーマンのおっさんで住みついている奴も多いよ」

「なんか、お前とこうして狭い部屋で並んで座ってるなんて変な気分だよ。ところで、これ、意味あるのか？」

カオルは、キャップとサングラスを指差した。

「面倒なことになりたくないなら、取らないほうがいい」

「そろそろ、ここにきた理由を教えてくれないか？」

ジェームズが、無言でメニュー表を差し出した。

メニュー表には、サンドイッチ、ハンバーガー、焼きおにぎり、パスタなどの値段が載っていた。

「まだ、腹は減ってないから僕はいい」

「下のほう、みてみろよ」

ジェームズが指差しているところには、リラクゼーションコース、三千円〜と書いてあった。

「マッサージかなにか受けられるのか？」

「まさか。ハーブとかアロマとか売ってるのさ」

「へぇ、ネットカフェって、いろんなサービスをやってるんだな」

「それ、マジに言ってないよな？」

ジェームズが、訝《いぶか》しげな眼でカオルをみた。

「ん？　なんか、おかしなことを言ったか？」

カオルがきょとんとすると、ジェームズが呆《あき》れたように首を横に振った。

「ここで売ってんのは、合法のハーブやアロマじゃない」

ジェームズが声を潜めた。

「え⁉　まさか、脱法……」

「シッ！」

カオルの唇に、ジェームズが人差し指を立てた。

「店員に聞こえるだろ。ここは表向きはネットカフェをやってるが、裏では危険ドラッグを売ってるのさ。店を経営してんのが半グレの集団で、四、五人でやってるらしい」

「お前、どうしてそんなこと？　まさか……」

カオルは、胸騒ぎに襲われた。

「俺が、その半グレ集団の仲間だったら話は早いよな？」

ジェームズが、じっとカオルの眼を見据えた。

無感情な瞳の奥が、微《かす》かに揺らめいたような気がした。

「残念だが、カオルちゃんの想像は外れだ。佐々木さんって、覚えてるだろ？」

カオルは頷《うなず》いた。

褐色の肌に後ろで縛った髪——「ギャルズパラダイス」の店長の顔が頭に浮かんだ。

「この店経営してる半グレは、佐々木さんの仲間なんだよ」

「じゃあ、佐々木さんからの情報だったのか？」

「ああ。ぶっちゃけ、危険ドラッグの店を手伝ってくれないかって言われたよ。もちろん、断ったけどさ」

ジェームズが、涼しい顔で言った。

カオルの胸には、津波のように罪悪感の波が押し寄せてきた。

自分は無実のジェームズを疑ってしまったというのに、その彼は協力してくれている。

教師として……いや、ひとりの人間として、とんでもないことをやってしまった。

「桜井……」

「謝るとか、そんなのいいから」

カオルを、ジェームズが遮った。

「別に、疑われたからって傷つかないし、謝られたって疑われた事実は消えないし。っていうか、ダルいんだよな、そういうの」

ジェームズが冷めた口調で言った。

どこまでが本音かはわからない。

彼が言うように、たとえ傷つかないにしても、それでいいというわけではない。

カオルは、底なしの自責の念に襲われた。

「お前は協力してくれているっていうのに、僕はだめな教師だな」

「勘違いすんなよ。あんたがだめな教師なのは当たってる。でも、俺があんたをここに連れてきたのは、協力するためじゃない」

「じゃあ、どうして？」

「経営者の半グレに雇われてる店長のツラ、みにいくか？」

言うがはやいか、ジェームズが腰を上げ個室を出ると共用フロアのソファに座った。

「店長は、彼か？」

カオルは、金髪坊主の店員に視線を移した。

「まさか。あれはバイトだよ。この時間なら、もう出てるはずだ。奥の部屋にいるんだろう。出てくるまで、ここで待とうぜ」

ジェームズが、格闘もののコミックをカオルに差し出した。

「おかしく思われるから、読んでるふりしろよ」

「店長のこと、知ってるのか？」

コミックを捲《めく》りながら、カオルは訊ねた。

「ああ。ウチの生徒だからな」

ジェームズが開いているのは、国民的な人気を誇る冒険物の漫画だった。

「ウチのって……『太陽高校』の生徒ってことか？」

ジェームズは頷いた。

「誰なんだよ？」

「そのうち出てくるから、愉《たの》しみにしてろよ」

そう言うとジェームズもコミックを捲りはじめた。

「聞いたんだろ？　保奈美のこと」

コミックに視線を落としたまま、ジェームズが押し殺した声で言った。

「田中のこと、怒るなよ。彼女は、悪気があって言ったわけじゃないから。保奈美さん……だっけ？　お前が、どうして教師に反抗的なのかがわかったよ」

「別に、教師だけが嫌いなわけじゃない。警察官だって、医者だって、サラリーマンだって、ろくでもない奴は一杯いる。仕事じゃないんだよ。人間……とくに大人が信用できないだけだ」

ジェームズが、淡々とした口調で言った。

動揺を悟られないように、感情のスイッチを切っているようにみえた。

「つらいよな。お前が、人が変わったようになってしまったって田中が言ってたけど、わかるような気がするよ」

　カオルは、我がことのように胸が痛んだ。

　中学生といえば、人生の中で最も多感な時期だ。

　そんな不安定な年頃に、恋人が教師にレイプされ、誰にも相談できず自殺を図ったのだ。

「わかったようなこと言うなよ」

　ジェームズがコミックから顔を上げた。

　うっすらとみえるサングラス越しの眼が、カオルを睨《ね》めつけていた。

「あんたら大人のわかったふりはうんざりだ」

　ジェームズの発する憎悪のオーラに、カオルは胸騒ぎを覚えた。


――桜井君、顧問の先生が刑務所から出てくるのを待ってるんですっ。

――彼は絶対、復讐《ふくしゅう》を考えてるはずです！

――優しいから、心配なんですっ。桜井君が、どれだけ保奈美を大事に思っていたか……。金属バットを手にしたときの彼の眼を、いまでも……忘れられません。

　カオルの脳裏に、沙理の声が次々と蘇った。

「田中が、心配してたぞ。お前が、顧問の先生が刑務所から出てくるのを待ってるって」

カオルは、敢《あ》えて直球を投げた。

駆け引きができるほど、器用なタイプではない。

また、駆け引きをすることでもない。

なにより優先しなければならないのは、大事な教え子が取り返しのつかない事件を起こすのを未然に防ぐことだ。

「なにが心配なんだ？」

「お前が顧問の先生を殺そうと思ってるんじゃないかってな」

「あんたってさ、思ったことをそのまま口にするんだな」

「不器用な性質《たち》でね」

「デリカシーがないとも言うぜ？」

はぐらかすように言うと、ジェームズがコミックに視線を戻した。

「話を逸らさないで……」

「ああ、殺してやるよ」

コミックに顔を向けたまま、ジェームズがカオルの言葉を遮った。

「保奈美が手首を切ったと聞いたときに、俺は決めたんだ。なにがあっても、保奈美の人生を台なしにしたくそ教師を殺すってな」

物静かな口調が、逆にジェームズの決意の固さを窺《うかが》わせた。

「保奈美さんは、人殺しになったお前をみて喜ぶのか？　優しかったお前が、自分のためとはいえ犯罪者になったら……いや、自分のためだからこそ、苦しみ、哀しむんじゃないのか？」

「そういうところが、鬱陶《うっとう》しいんだよ。さっきまで、俺のこと疑ってた教師に言われたくないって」

「たしかに、僕は鬱陶しい教師だ。おまけに、生徒のことを頭から疑うようなダメ教師だ。でも、お前を犯罪者にさせないって気持ちはどんな教師にも負けないつもりだ」

コミックを読みながら会話するという約束を忘れて、カオルはジェームズの横顔を訴えかける瞳でみつめた。

「もう、その話はしたくないからさ。これ以上続けるんなら、俺は帰るぜ」

「わかった。一之瀬の件で協力してくれていることに免じて、今日はお前の言う通りにする。だけど、今日だけだ。僕は、絶対にお前を犯罪者にはしない。話の続きは、また、別のときにするからな」

「勝手に言ってろ。俺はあんたと話なんか……準主役の登場だ」

ジェームズが言葉を切り、顔をカウンターに向けた。

ジェームズの視線の先——茶髪のロン毛に鼻ピアスの若い男が、金髪坊主の店員になにかを言っていた。

鼻ピアスの男の顔に、見覚えがあった。

カオルは、記憶を辿《たど》った。

——先公さ、あんた、よそから赴任してきたんだろ？　ってことは、ここじゃ俺らが先輩だ。あとからきたくせにえらそうにしてんじゃねえぞ、こら！


入学式の翌朝、校庭でたむろしていた不良グループのリーダー格の顔が脳裏に蘇った。

「藤城……」

カオルは、掠《かす》れ声で呟いた。

「やっとわかったか？　店長は、藤城先輩だ」

ジェームズが、耳もとで囁《ささや》いた。

「キャップとサングラスを買った意味わかったろ？」

カオルは、藤城に視線をやったまま頷いた。

「一之瀬は、藤城を庇《かば》ってるから入手ルートを言わないのか……」

「違うな」

カオルの独り言を、ジェームズが否定した。

「じゃあ、脅されてるのか？」

「それも違うな」

「庇っても脅されてもないなら、どうして一之瀬はこの店で買ったって言わないんだよ？」

「藤城先輩は準主役だって言っただろ？　主役の登場はまだだ」

「主役？　ほかにも、ウチの生徒がいるのか？」

カオルは、恐る恐る訊ねた。

「ああ、とびきりのビッグサプライズだ。俺のリサーチじゃ、もう出勤の時間だ」

ジェームズが唇の片側を吊《つ》り上げ、スマートフォンのディスプレイに眼をやった。

「誰なんだ？」

待ちきれずに訊ねるカオルの声が聞こえていたとでもいうように、ドアが開いた。

「おはようございます」

店内に入ってきた少女をみて、カオルは息を呑んだ。

時が止まった……思考が止まった。

カオルは、凍てついた視線で少女を追った。

「どうして、知念がここに……」

頭が混乱していた。

まさか憂が現れるとは、ただの一パーセントも想像していなかった。

「俺も、最初にこの店で知念をみたときにはなにかの間違いかと思ったよ。あの優等生の手本みたいな知念が……」

「戻ろう」

カオルは、個室に引き返した。

「なんだよ、急に？」

ジェームズが部屋に入るとすぐにカオルはドアを閉めた。

「知念は、この店が危険ドラッグを扱っているって知らないんだろう？」

カオルは、祈るような気持ちで訊ねた。

「知ってるどころか、売《うり》してるよ」

「売って……そんな……」

カオルは、絶句した。

憂が危険ドラッグを売っているなど、俄《にわ》かには信じられなかった。

「俺だと違和感がなくて、知念だとありえないってわけか？」

ジェームズがサングラスを外し、カオルを直視した。

カオルは、彼の底なしに暗鬱な瞳に息を呑んだ。

「桜井、それは違う……」

「最初から、あんたら教師にはなんにも期待してないから気にすんな」

すぐに、いつもの冷めた雰囲気に戻ったジェームズがドアを開けた。

「証拠みせてやるから、あんたは喋るなよ」

一方的に言うと、ジェームズは共用フロアを横切りカウンターに向かった。

「リラクゼーションコースの商品頼むよ」

憂に、声色を変えたジェームズが言った。

キャップとサングラスをかけて声まで違うので、目の前の客がクラスメイトとは気づいてないようだった。

「犬と猫、どちらが好きですか？」

唐突に、憂が見当違いの質問をした。

彼女の意図が、カオルにはわからなかった。

「俺が好きなのはハムスターだ」

ジェームズの答えに、カオルは余計にわけがわからなくなった。

「ハーブ、リキッド、パウダーのご希望はありますか？」

憂の言葉が、カオルの脳みそを貫いた。

意味不明な質問のやり取りは、暗号だったのか……？


嘘だろ……嘘だと言ってくれ……。

カオルの心の声が聞こえたとでもいうように、ジェームズが振り返り冷笑を浮かべた。

☆

「放してくれ……僕は行かなきゃ！」

「フォレスト」から強引に連れ出すジェームズの腕を、カオルは振り払おうと抵抗した。

「騒いだら、藤城先輩や知念に気づかれるだろ」

ジェームズが耳もとで囁き、カオルの肩を抱くようにして店の入ったビルから十数メートル離れた雑居ビルの非常階段へと連れ込んだ。

「桜井っ、僕は知念を助け出さないとならないんだ！」

カオルは、ジェームズを押し退《の》けようとした。

「カオルちゃん！　落ち着けって！」

ジェームズが、カオルの両手首を摑《つか》み押し返してきた。

「落ち着いてられるか！　僕は教師だぞ！　生徒を助け……」

「教師だからこそ、落ち着けよ！　それに、助け出す助け出すって、知念が無理矢理やらされてるみたいに言ってるけど、あいつは自分から進んで藤城先輩のとこにいるんだよっ」

「なんだって!?　知念が進んで藤城のところに!?　それじゃまるで、知念が自分の意思で危険ドラッグを売っているみたいじゃないか!?」

「自分の意思で売ってるんだよ」

低く押し殺した声で、ジェームズが言った。

「え……」

「ほんと、あんたには呆れるよ。カオルちゃんみたいな単純な人間ばかりじゃないんだよ」

ジェームズが、小さく首を横に振った。

「どうして、知念が自分の意思で藤城の店を手伝うんだよ!?」

「ある少女は、幼い頃からひとつ年上の少年のことを実の兄のように慕っていた」

物語ふうに、ジェームズが切り出した。

「少年も、少女を妹のようにかわいがっていた。ふたりは、なにをするにも一緒だった。事情を知らない人達は、ふたりを本当の兄妹《きょうだい》だと思っていた。少年と少女の仲のよさは、中学に入学しても続いた。だが、中一の二学期あたりから、少年がグレはじめた。あれだけ行動をともにしていた少女を遠ざけ、悪い連中とつるむようになった。少年がグレはじめたのは、父親が事業に失敗して自殺し、母親が若い男を部屋に連れ込むようになってからだ。少年は、不良仲間と授業を抜け出し煙草を吸い、バイクを盗み、生徒から金を巻き上げ、教師を殴った。中学二年になる頃には三年生も締め、中学を仕切るまでになった。少女は少年を更生させようとした。少年がどんなに悪に手を染めても、少女は信じていた。あの優しかった頃の少年に戻ってくれることを」

ジェームズが、暗い瞳でカオルをみつめた。

「その少女っていうのが知念で、少年が藤城なのか？」

ジェームズが頷いた。

「でも、どうしてお前がそのことを？」

「知念には、もうひとり同い年の幼馴染がいた」

「……もしかして、一之瀬のことか？　知念と藤城の話も彼から？」

「ああ。別にあいつとは仲良くもなんともなかったが、相談を持ちかけられたんだ。知念が藤城先輩のために危険ドラッグを売ってるから、助け出してくれって。俺なら、危ない関係の知り合いが多くてなんとかしてくれるかもしれないって思ったんだろう。もちろん、断ったよ。かったるいし、それに、知念がどうなろうと知ったことじゃないし」

ジェームズが吐き捨てるように言った。

「じゃあ、どうして、僕をここに連れてきた？」

「あの馬鹿、知念を連れ戻そうとして客のふりして『フォレスト』に通い詰めてさ。でも、説得しても知念は聞く耳を持たなかった。それで、あの馬鹿は危険ドラッグに手を出したんだ。そうすれば、知念が眼を覚ましてくれると思ったんだろう。だが、知念が『フォレスト』を辞めることはなかった。最初は知念の気持ちに訴えかけるために危険ドラッグを吸ってたけど、そのうち中毒になったってわけだ。マジ、救いようのない馬鹿だ。けど、俺が断んなきゃドラッグに嵌《はま》ることもなかったのかなって罪悪感もあるしな」

「お前、本当は優しいんだな」

カオルは、ジェームズの肩を叩いた。

「別に。俺のせいだって思いたくないだけだ」

ジェームズが横を向いた。

「なあ、桜井。僕にはわからないんだ。知念には、小さい頃から藤城に優しくしてもらったっていう記憶がある。道を踏み外した藤城を助けたいって気持ちはわかる。だからって、法に触れる危険ドラッグを売ることが藤城を救うことにはならないだろう？　知念は良識のあるコだ。そのくらいの判断はできるはずだ」

カオルは、素直な疑問を口にした。

どんな理由があろうと、憂は犯罪に手を染めるような生徒ではなかった。

「あんたには、わからないだろうな」

ジェームズが、冷めた口調で言った。

「僕は、知念のことをわかってるつもりだ」

「それはさ、カオルちゃんのイメージした知念だろ？」

「どういうことだ？」

「カオルちゃんの知らない知念もいるってことさ。だいたいさ、知念のなにを知ってるんだよ？」

「正義感が強くて、成績優秀で……」

「好きな人のためなら悪魔に魂を売る知念がいるかもしれないだろ？」

ジェームズが、カオルの言葉を遮った。

「知念は、そんなコじゃない」

「だから、そういうところだって。無条件に生徒を信じるのはあんたのいいところかもしれないけど、決めつけてるってことにもなる。一之瀬に危険ドラッグを売ったのは俺じゃないかって疑ったのと同じだ」

ジェームズが、無機質な瞳でカオルを見据えた。


決めつけてる……。


考えてもみなかった。

生徒を信じている……いや、信じようと努めてきた。

生徒のために……その思いが独りよがりとなっていることに気づかず、いつの間にか生徒の心がみえなくなっていたのかもしれない。

「あんたの思っているのと違う知念だったとしても、受け入れろよ。どんな知念でも、知念には違いないんだからさ」

これまで聞いたことのないような、ジェームズの真剣な口調にカオルの記憶の扉が開いた。

——保奈美の部屋から出てきた遺書に、自殺の理由が書いてありました。テニス部顧問の男性教諭にレイプされたって……それも、一度じゃなく、何度も……。

——優しかった桜井君は、どこにもいなくなりました。別人みたいに冷たい人になっちゃって……。


沙理の声が、脳裏に蘇った。

いま、目の前にいるジェームズが本来の姿なのかもしれない。

「そうだな。お前の言う通りだよ。教えてくれないか？　知念はどうして、こんなことを……一之瀬と同じなのか？」

「違うな。一之瀬は気づいたら泥沼に嵌ってたって感じだけど、知念の場合は自分から進んで泥沼に入ろうとしている」

「どういうことだよ？」

「藤城先輩が泥沼から出る気がないなら、自分も泥沼で過ごすってことさ」

「そんなの、間違ってる！　諦めずに、無理矢理にでも……」

「無理矢理にでも藤城先輩を救出するべきだって、言いたいんだろ？」

ジェームズが、笑いながら言った。

「その通りさ！　大事な人が地獄に堕《お》ちたからって、自分も地獄に堕ちるなんておかしいじゃないか⁉」

「あんたがそうだからって、知念もそうだとはかぎらないさ」

「地獄から……」

「さっきから地獄地獄って、藤城先輩に地獄に堕ちたって自覚がなかったら？　藤城先輩のいる場所に自分もいて支えてあげたいって知念が思ったら？　俺だって保奈美の……」

口にしかけた言葉を、ジェームズが飲み込んだ。

「つらいだろう……」

「俺なんかより、保奈美のほうがつらいさ」

ジェームズが、遠くをみる眼差《まなざ》しになった。

「会いに行かないのか？」

「行かないよ。住んでいる場所も知らないし、知りたくもないし」

ジェームズが素っ気なく言った。

「どうして？」

「うっせえな。あんたに関係ねえだろうがっ」

「でも、保奈美さんは、お前にとって大切な人なんだろう？」

ジェームズが、眼を伏せた。

「保奈美さんも、会いたがってると思うぞ」

五秒、十秒、十五秒……ジェームズは腰に手を当てたまま、俯いていた。

「もし、僕にできることがあったら……」

「会うのは、いまじゃない」

ジェームズが、足もとに視線を落としたままカオルを遮った。

「じゃあ、いつ会うんだ？」

「ケジメをつけてからだ」

顔を上げたジェームズが、暗鬱な瞳でカオルを見据えた。

「ケジメって……お前、さっきの話の続きだが、馬鹿なことを考えるのはやめるんだ」

ジェームズはなにも答えず、カオルにずっと暗い瞳を向け続けていた。

「なあ、桜井」

カオルは、ジェームズの肩を摑んだ。

「馬鹿なことなんて、考えてないさ。俺は、正しいことをやるだけだ」

ジェームズがカオルの手を払いのけながら、無感情な声で言った。

「もう一度言うが、復讐なんてしても保奈美さんは喜びはしない」

「保奈美を喜ばせるためじゃない。保奈美を地獄に落としたクソ野郎を殺して、俺も地獄に行くつもりだ」

ジェームズは、どうしようもなく哀《かな》しく寂しげな表情をしていた。

「お前……だから、知念の気持ちがわかるのか？」

唐突に、ジェームズが立ち上がった。

「おい、どこに行くんだ？」

「その話したら、帰るって言ったろ？」

「ちょっと、待ってくれ。知念を置いて帰れないよ」

「どっちみち、今日はやめといたほうがいい。店で知念を問い詰めるようなまねしたら、怖い人達が出てきて騒ぎになる」

「でも……」

「焦ってもどうしようもないだろ？　明日、学校で話せよ。ほら、行くぞ」

ジェームズが、立ち上がらせようとカオルの腕を引いた。

「ひとつだけ、訊いてもいいか？」

「復讐どうのこうののことなら、答えないからな」

「お前が僕に協力してるのは、知念のためなのか？　それとも一之瀬のためか？」

「俺が正しいことをやろうとすると、そんなにおかしいかよ？」

「いや、そういう意味じゃなくて……悪い悪い。また、誤解されるようなことを言ってしまったな」

「知念のためでも一之瀬のためでもなくて、俺のためだ」

「お前の？」

「保奈美には、五歳上の姉貴がいた」

ジェームズが頷き、語り始めた。

「塾から帰るときに、通り魔に刺されて死んだんだ。その通り魔は、覚醒剤中毒だったそうだ」

「なるほどな。お前、田中が言っていた通り、やっぱり優しい奴なんだな」

カオルは、ジェームズに微笑《ほほえ》みかけた。

「マジ、あんた、単純でまっすぐ過ぎて疲れるわ」

ジェームズは呆れたように肩を竦《すく》めると、雑居ビルの非常階段を降りていった。

「お前も、もっと単純で素直になったらどうだ？」

カオルは言いながら、ジェームズのあとに続いた。

11

二十坪ほどの会議室の空気は、針で突くと弾《はじ》けそうなほどに張り詰めていた。

円卓に座っている教諭達の表情は一様に硬かった。

通常の職員ミーティングは職員室で行われるが、大きな議題のときは会議室が使われる。

八時十分の職員ミーティングより一時間以上もはやい七時に招集がかけられたことが事の重大

性を表していた。

「先生方はもうご存知だと思いますが、一年A組の一之瀬が危険ドラッグの使用で逮捕されました。生活安全課の刑事さんから聞いたんですが、一之瀬は重度の中毒症状を起こしているそうです」

教頭の清水が、黒紫に変色した唇を震わせながら言った。

「一文字先生……これは、いったい、どういうことですか⁉　一之瀬といえばサッカーの名門校にも推薦入学できるほどのスポーツエリートです。そんな健全な彼が危険ドラッグなんて……」

「僕も、いまだに信じられません」

カオルは、力なく言うと項垂《うなだ》れた。

清水は知らないが、今回の事件には一之瀬だけではなく憂と藤城も絡んでいる。

そこまでわかっていながらただ手をこまねいているだけの自分が情けなく、腹立たしかった。

「なにを他人事《ひとごと》みたいに言ってるんですか！　そもそも一文字先生は、一之瀬の変化に気づかなかったんですか⁉　悪い友人とつき合い出したとか、様子がおかしいとか……一之瀬の担任教諭として、気づかなかったでは済みませんよ！」

清水が、ヒステリックに喚《わめ》き立てた。

カオルは、返す言葉がなかった。

「まったくだ。教頭先生の言う通りだ」

円卓を挟んだカオルの対面――指導教諭の村松が、清水の言葉を継いだ。

「一文字先生、君は甘いんだよ。私が問題児達を悪性腫瘍《しゅよう》にたとえたときに、一人前に意見してきたよな？」

――教頭と私の夢は、向こう十年で「太陽高校」を進学校にすることだ。その夢を実現するためには、悪性腫瘍が転移するまでに切除しなければならない。


赴任直後の職員ミーティングの席での村松の言葉が記憶に蘇った。


「どんなに問題児でも教師という仕事は、世界中の人を敵に回しても生徒を守らなければならないときがある……たしか、そんなふうなことを言ってたよな？　理想論ばかり口にする一文字先生のクラスで犯罪者が出たんだ。この事実を、情熱家の立派な先生様はどう説明するつもりだ？」

村松が、皮肉っぽい口調で言った。

「犯罪者なんて、言い過ぎです」

カオルは、村松の瞳をまっすぐに見据えた。

「危険ドラッグを吸って逮捕されたんだから、立派な犯罪者だろうが！」

村松が、ごつい拳でテーブルを叩いた。

「僕が言ってるのは、法的な解釈ではありませんっ。僕達教師が、たった一度の過ちを犯した生徒をそんなふうに思っていいんでしょうか？　彼らの人生は、まだ、始まったばかりなんですっ。手を差し延べ、正しい道を歩めるようサポートしてあげることが……」

「そのたった一度の過ちで、殺された人もいるのよ!?」

村松の隣に座っていた英語教諭の石野が、感情的に口を挟んできた。

「近年、危険ドラッグの常用者にどれだけの数の人が殺されたか知ってるの!?　どれだけの常用者が発作を起こして死んだか知ってるの!?　たまたま運がよかっただけで、彼が誰かを殺していたとしてもおかしくないのよ!?　手を差し延べる？　サポートする？　そんな悠長なことを言っている暇があったら、彼の犯した被害をいかにして最小限に食い止めるかを早急に考えなければだめでしょ!?」

「石野先生の言う通りです」

援軍を得た清水が、得意げな顔で頷いた。

「いいですか？　一文字先生。マスコミが嗅《か》ぎつけるのも時間の問題です。本校としては、転移するまでに悪性腫瘍を取り除かなければなりませんっ」

「学校の体裁のために、一之瀬を切り捨てるという意味ですか!?」

カオルは気色ばんだ顔を清水に向けた。

「当然の判断です。危険ドラッグで逮捕されたような生徒がいることをテレビや新聞で報じられたら、そんな学校に、どこの親がかわいい子供を入学させようとしますか⁉　ほかの生徒の士気も下がります。自分は犯罪者と同じ学校に通ってる……恥だってね」

「生徒に更生するチャンスを与えるのは、親御さんもほかの生徒も理解してくれると思います。一度の過ちで追放するほうが、教育者としての姿勢を疑われてしまうんじゃないでしょうか⁉　教頭先生……ほかの先生方も、どうか、お願いですっ。僕が全責任を負いますから、一之瀬にやり直すチャンスをあげてください！」

カオルは熱く訴えかけると、円卓に手をつき頭を下げた。

「私も、一文字先生の意見に賛成です」

顔を上げたカオルの視線の先では、明日香が立ち上がっていた。

「たしかに、一之瀬君のやったことは犯罪です。でも、犯した罪が問われる場所は警察であって学校ではありません。学校は、罪を認めた青少年の更生に手を貸すべき場所でなければならないと思います」

「僕も同感です」

体育教諭の中村が、明日香に続いた。

「僕達教師は、どんなことがあっても生徒を見捨てちゃいけないと思います！」

「黙らんか！　青二才どもが！」

村松の怒声が、会議室の空気を切り裂いた。

「更生に手を貸すだの見捨てちゃいかんだの、お前達、学園ドラマの見過ぎじゃないのか⁉　現実の学校経営は、そんな甘いものじゃないんだよ！　一之瀬ひとりの罪で、『太陽高校』がなくなるかもしれないんだぞ⁉　お前達は美化するが、世間やマスコミの眼はそんなに甘くはないっ。危険ドラッグを吸った生徒を退学にもせずに在校させていたら、なんて非常識な学校なんだと非難されるのがわからないのか⁉」

「美化はしてません。世間やマスコミの眼が厳しいことも、彼の過ちで『太陽高校』の存続が危うくなるかもしれないこともわかっています」

カオルは、ひとつひとつの言葉を噛み締めながら言った。

「一之瀬も、犯した罪は償うべきです。僕が言いたいのは……」

「君に偉そうなことを言う資格はありませんよ。そんなことより、第二の一之瀬が出ないように一刻もはやく悪性腫瘍を取り除くことを考えるべきじゃないんですか？」

清水がカオルを遮り、意味深な言い回しをした。

「悪性腫瘍なんて、ウチのクラスにはいません！」

「いるでしょう？　桜井ジェームズという悪性腫瘍が。教頭室にチンピラと連れ立って乗り込んできて、私達を脅したのをお忘れですか？」

清水が、憎々しげに吐き捨てた。

――現役の高校教諭が未成年と援交して小便飲ませたことをマスコミに垂れ込んでもよ！　話題性抜群だから、毎日のようにワイドショーで取り上げられるだろうな。そうなりゃ、上司のあんただってただじゃ済まないはずだ。あんた、ゆくゆくは校長の椅子を狙《ねら》ってんだろ？　こんなスキャンダルがテレビで流されたら、校長どころか教頭の椅子も危ねえぞ。


ジェームズとともに現れた佐々木は、小峯の少女への淫行《いんこう》をネタに清水を恐喝した。

「でも、それは、元はと言えば小峯先生の恥ずべき行為が原因です。だからこそ、教頭先生もお金の交渉に応じていたんじゃないんですか？」

言い過ぎているのは、わかっていた。

だが、カオルが口にしていることはすべて事実なのだ。

「君は、私を侮辱してるんですか！」

清水の金切り声が鼓膜に突き刺さった。

「いえ、侮辱なんてしてません。僕が言いたいのは、間違いを起こすのは教師も同じだってことです。教師も生徒も人間ですから……蹟《つまず》き、転びながら学んでいくものだと思います」

「桜井みたいな悪性腫瘍は、蹟き、転ぶたびに優秀な生徒という健全な細胞まで冒していくんだよ！　現に一之瀬は、すっかり毒されてしまったじゃないか！　生徒の将来を預かる担任として、奇麗事を言う暇があったらどう責任を取るのか考えんか！」

村松が鬼の形相でカオルを睨みつけてきた。

一之瀬が危険ドラッグの中毒になったことに、ジェームズは関わっていない。

だが……。


――あの馬鹿、知念を連れ戻そうとして客のふりして「フォレスト」に通い詰めてさ。


憂と藤城が関わっていると知ったら、教頭や村松はなんと言うだろうか？

隠してはいけないこと……隠し通せないことだと、わかっていた。

わかってはいたが、いまは言えなかった。

なによりもまず、憂と向き合い話をしなければならない。

「受け持つクラスの生徒の変化に気づけず、不祥事を起こさせてしまったこと……教師としての僕の至らなさで先生方にご迷惑をおかけしていることをお詫《わ》び致します」

カオルは立ち上がり、深く頭を下げた。

五秒……十秒……頭を下げ続けた。

奥歯を、きつく嚙み締めた――涙腺《るいせん》が、熱を帯びた。

自分が情けなかった。

清水や村松の言う通りなのかもしれない。

奇麗事ばかり口にしても、生徒のひとりも救えない男だ。

手塚も、ジェームズも、憂も……。

自分でなければ、もっとはやい段階で軌道修正できたかもしれないのだ。

「少しだけ、僕に時間をください」

カオルは顔を上げ、清水をみつめた。

「それは、無理な話ですね。マスコミが嗅ぎつけるのは時間の問題です。学校としては、早急に厳しい処罰を与えなければなりません。まずは、一之瀬を退学処分に……」

「お願いします！　一週間でいいので、処分のほうは待ってくださいっ」

無理を承知で、カオルは懇願した。

残念だが、一之瀬の退学は免れない。

それは、憂も藤城も同じ……だからこそ、時間がほしかった。

悪いことをしたからといって、いきなり退学処分という事実を突きつけ切り捨てるやりかたは、彼らの心に一生消えない傷として残る可能性があった。

「その一週間で、取り返しのつかないことが起こったらどうするおつもりですか！」

清水が、七三髪を振り乱し問い詰めてきた。

「そのときは、僕が責任を取ります」

「おいっ、お前みたいな青二才が責任取れる問題だと思って……」

「いいでしょう」

熱《いき》り立つ村松を、それまでと一転した穏やかな口調で清水が遮った。

「え？」

「一文字先生の言うとおり、責任を取ってもらいましょう」

清水が、薄笑いを浮かべつつ言った。

「しかし、教頭先生、一文字先生には無理ですよっ」

「私も、村松先生と同じ意見です。在校生が危険ドラッグを吸って捕まったなんて報道されたら、一文字先生では責任を取りきれませんよ」

石野が村松に追従した。

「問題が起こったら、一文字先生には一之瀬の件の全責任を取って、『太陽高校』を辞めてもらいます」

眼鏡越しの清水の眼が、嗜虐的《しぎゃくてき》に光った。

「そんな……ひどいです！」

明日香が、珍しく強い口調で言った。

「そうですよ！　いくらなんでも、一文字先生が学校を辞める必要は……」

「なら、本日付けで一之瀬を退学にするまでです」

清水が、中村を遮り冷え冷えとした声で言った。

「どうしますか？　一文字先生。私は、どっちでもいいんですよ？」

「わかりました」

「一文字先生、だめですよ……」

明日香が、悲痛な顔で振り返った。

「江口先生、ありがとう。でも、大丈夫です。僕は……」

カオルは、言葉を切った。

一之瀬や憂を切り捨ててまで、教師を続けたいとは思わなかった。


肩書きだけでなく、胸を張れる教師になりたい。

カオルは、言葉の続きを胸のうちで呟いた。

12

「『下人は七段ある石段のいちばん上の段に、洗いざらした紺の襖《あお》の尻を据えて、右の頬にできた、大きなにきびを気にしながら、ぼんやり、雨の降るのを眺めていた』。ここで、問題だ。作者である芥川龍之介は、『大きなにきび』という表現で下人はどんな男であると伝えたかったのか？」

　カオルは、生徒の顔を見渡した。

「はいはいはいはいはーい！」

　誰よりもはやく、弘が手を上げた。

「お！　威勢がいいな。じゃあ、篠田に答えてもらおうか」

「芥川の龍ちゃんは、下人のことをでっかいニキビのあるブ男だって言いたかったんだと思うぜ」

　弘が言うと、教室に爆笑が沸き起こった。

「なかなかユニークな発想だが、外れだ。ニキビのあるいい男だって大勢いるからな」

「じゃあ、下人が不潔で顔も洗わない男って言いたいんだよ！　どう？　今度は当たったろ？」

　ふたたび、教室は爆笑に包まれた。

　笑っていないのは、憂とジェームズだけだった。

　憂は、笑っていないどころか露骨に嫌悪のいろを浮かべていた。

「またまた外れだ。ニキビは顔を洗ってても出るからな。残念だが、回答権剥奪《はくだつ》！　じゃあ、風間」

　カオルは、弘から風間に視線を移した。

「え……なんだろう……。やんちゃなイメージを出すためですか？」

風間が、自信なさそうに答えた。

「ちょっと近づいたかもな。でも、外れだ。そろそろ、正解がほしいところだな。知念」

カオルは、憂を指した。

「若い男性……思春期に近い年齢の男性を表現しているんだと思います」

「正解！」

「よっ、さすが優等生！」

弘が茶化してきた。

憂が、微笑みながら着席した。

弘の言う通り、いつもと変わらぬ聡明な憂だった。

昨日、彼女が危険ドラッグの店にいたとはいまだに信じられなかった。

授業の終わりを告げるチャイムが鳴った。

カオルは、次の授業までに提出するよう言い残し、「羅生門」の感想文用の原稿用紙を配り教室をあとにした。

廊下でしばらく待っていると、憂が出てきた。

「知念」

呼び止めると、昨日みた光景が夢ではないかと思うような笑顔で憂が振り返った。

「あ、先生。どうしたんですか？」

「ちょっと話があるんだけど、いいか？」

「はい」

一点の曇りもない瞳で頷く憂を、階段に促した。

「どこに行くんですか？」

階段を上るカオルの背中を、憂の怪訝《けげん》な声が追ってきた。

カオルは答えず、屋上に出た。

憂がカオルを追い越し、フェンスに寄りかかり空を見上げた。

「久しぶりだな」

「なにが？」

憂は伸びをしながら呟いた。

「こうやって空をみることです」

天を仰いだまま、憂が言った。

カオルも憂の隣に並び、空を見上げた。

一分、二分……沈黙が続いた。

心地よい風が頬を撫《な》でた。

さらに、沈黙が続いた。

「私のせいです」

不意に、憂が口を開いた。

カオルは空から憂の横顔に視線を移した。

なにが、とは訊かずに、憂の言葉の続きを待った。

「……一之瀬君が逮捕されたの」

憂が顔を戻し、カオルをみつめた。

その瞳は、どうしようもない哀しみに彩られていた。

13

「なんか、悪いね、こんなもんしかなくてさ」

トレイを手にリビングへ戻ってきた静香が、ペットボトルのウーロン茶と枝豆をテーブルに置いた。

「とんでもありません。お気遣いなく」

明日香が、申し訳なさそうに言った。

「僕達のほうこそ、こんな時間にお邪魔して、逆にすみません」

明日香の隣に座った中村が、頭を下げた。

「僕がふたりにきてもらったんですから、気にしないでくださいよ」

そう、つい一時間前にカオルのほうから明日香と中村に連絡を入れて自宅に呼んだのだった。

「あのさ、ジャージのお兄さんはなんの先生？」

床に立て膝をついた静香が、枝豆を口に放り込みながら興味津々の眼で中村をみた。

そこに一升瓶でもあれば、立派なオヤジだ。


――いまから同僚の先生がふたりくるから、教師の母親らしくしてくれよ。

――心配すんなって。あたしを信じな。


信じたカオルが馬鹿だった。

ヤンキー御用達のガルフィのベロアのセットアップ、八王子のレディースも真っ青の金髪のロングヘア、七十年代のスケバンを彷彿《ほうふつ》とさせる紫のアイシャドウ……。

静香は、いつも以上にキメていた。

気合を入れた「正装」のつもりなのだろう。

カオルは小さくため息を吐いた。

もう、なにも言わなかった。

言っても無駄だ、ということもあるが、カオルにはほかにもっと気になることがあった。

「体育教師です」

「だと思った。筋肉凄いじゃん。ちょっと、触らせて」

静香は、言い終わらないうちにジャージの上から中村の胸や腹を触り始めた。

中村が、くすぐったそうに身体を捩《よじ》った。

「すげー！　大胸筋も腹筋もバリバリじゃんか！」

「お袋、そんなにベタベタ触って、中村先生に悪いだろ」

カオルは、エスカレートする静香を牽制《けんせい》した。

「いい女に触られて、お前も嬉《うれ》しいよな？」

静香が、中村の肩を叩き同意を求めた。

自らをいい女と言い切る母親に、カオルは顔から火が出そうなほどに恥ずかしくなった。

「え？　ああ……はい……」

「ほら、困ってるからやめろよ。それに、お前なんて呼ぶの失礼だって」

「小姑《こじゅうと》みたいにいちいちうるせえな。じゃあ、イケメンマッチョ先生をイジるのやめて……あんた、名前は？」

静香が、中村から明日香に視線を移した。

「江口明日香です。音楽を教えています」

「あんた、アイドルになれるくらいかわいい顔してんな？　半端なくモテるだろ？」

「え……そんなことないです」

「そんなことあるって！　なあ、中村、マブいよな、彼女?」

「ま、マブいって、なんでしょう?」

「なんだ⁉　お前、マブいもわからないのか？　かわいいとか美人って意味だよ。ったく、教師なんだからそのくらい知っとけよな」

「あのさ、お袋、いまどきの若者はマブいなんて言葉は知らなくてあたりまえだから」

カオルは、呆れた口調で言った。

「人を昭和の女みたいに言うんじゃねえ……って、昭和四十九年生まれか！」

静香が、ひとりでノリツッコミをして爆笑した。

カオルは、穴があったら入りたかった。

「明日香ちゃんは、イケメンマッチョとつき合ってんのかい?」

「え……いえ、私達はそんな関係じゃありません」

「怪しいな〜」

静香が、ニヤついた顔を明日香に向けた。

「こうみえても、僕、来月結婚するんです」

中村が、薬指に指輪が嵌《は》められた右手を静香にみせた。

「なら、明日香ちゃん、可能性ありってことだな」

「え……?」

意味深に笑う静香に、明日香が怪訝な表情になった。

カオルは、とてつもなくいやな予感に襲われた。

「なああ、あんた、ウチのカオルのこと、どう思う?」

静香が身を乗り出した。

「どう思うとは……どういう意味でしょう?」

「男としてどうかって訊いてんだよ」

いやな予感が、的中しつつあった。

「一文字先生は正義感に溢《あふ》れてて、まっすぐな男らしい方だと思います」

明日香が言うと、静香が顔の前で手を振った。

「違う違う、そういう意味じゃなくて、恋人としてありかってことだよ!」

静香の言葉に、明日香の頬がみるみる紅潮した。

「お、お、お袋! いったい、なな、な、なにを言い出すんだよ!」

動転したカオルは、縺《もつ》れる舌で静香に抗議した。

「なにって、あんたの代弁してやってんだよ。明日香ちゃん、あんたのドンピシャだろう?」

「ば、馬鹿! でたらめ言うなよ! 江口先生、母が変なこと言ってすみません!」

カオルは慌てて静香の口を塞《ふさ》ぎ、振り返り明日香に詫びた。

「でたらめ……なんですね」

沈んだ声で、明日香が言った。

「えっ?」

「そうですよね。私のことを、そんなふうに思ってくれるわけないですよね」

心なしか、明日香の顔が哀《かな》しげにみえた。

「あ、いや……そういう意味じゃなくて……」

「本当に馬鹿だね〜、お前は。女心ってものを全然わかってねえよ」

静香が、呆れたように首を振った。

「江口先生に悪いだろ」

「そんなことないですよ。お母様の言ってること、当たってますし。私、一文字先生のこと……」

「きょ、今日、お、おふたりにきて頂いたのは知念と藤城の関係についてです」

明日香を遮り、カオルは強引に切り出した。

「知念と藤城、なにかあるんですか?」

中村が、怪訝な顔になった。

「今日、知念と屋上で話しました」

カオルは眼を閉じた。

巻き戻る記憶に、「太陽高校」の屋上が蘇った。

——一之瀬が逮捕されたのが自分のせいって、どういう意味なんだ？

カオルは、知らないふりをして憂を促した。

——先生、「フォレスト」にいたんでしょう？

憂が、哀感の籠《こも》った瞳でカオルをみつめた。

カオルの心のうちを、すべて見透かしているとでもいうように。

——知ってたのか？

——はい。桜井君といたことも。

——なぜなんだ？

カオルは、探るように訊ねた。

「フォレスト」でバイトしているのは認めても、どこまで真実を話す気なのかはわからない。

——校則で禁じられているアルバイトをやっていることですか？　それとも、どうして違法な物を売っている店で働いているかってことですか？

相変わらず、憂は暗鬱《あんうつ》な表情をしていた。

——だいたいのことは、桜井から聞いた。桜井は、一之瀬から聞いたらしい。お前達、幼馴染《おさななじ》みなんだってな？

——一之瀬君には、悪いことをしました。私のせいで、ひどい目にあわせてしまって……。

憂がカオルから逸らした視線を足もとに落とした。

——一之瀬はお前を「フォレスト」から連れ戻そうとして通っているうちに危険ドラッグに手を出した。それは事実らしいな。だが、一之瀬がドラッグ中毒になったのは知念のせいじゃない。薬物に手を出したのは、一之瀬の意思だ。一之瀬だって、お前に罪を償ってもらおうだなんて思ってないはずだ。それよりも、お前が「フォレスト」をやめることを願っている。

——それは、無理です。

憂が顔を上げ、きっぱりと言った。

——藤城か？

カオルの質問に答えずに、憂はふたたび空を見上げた。

——どうしてなんだ？　僕の知っている知念なら、眼を瞑《つむ》って犯罪に加担したりしない。どんな理由があっても、人を死に至らしめる危険ドラッグと知っていながら売ったりはしないはずだ。なあ、教えてくれっ。なぜ、こんなことを……。

カオルは、悲痛な声で訴えかけた。

藤城が憂の幼馴染みであることも、大切な存在であることも知っている。

だが、だからといって憂は、人体と精神を蝕《むしば》む悪魔の薬を売る手伝いをするような少女ではない。

——悪い仲間とはつき合わないでと、何度も……いいえ、何十回も頼みました。だけど、世話になっている人だからって、おにいちゃんは聞き入れてくれませんでした。私が「フォレスト」で働けばおにいちゃんも、心変わりしてくれるんじゃないかって思ったんです。

憂が、空を見上げたまま静かに語り始めた。

――それにしても、危険ドラッグを売るなんて……。

――最初は、そんな物を売ってるなんて知らなかったんです。悪い先輩が経営している店でバイトしているおにいちゃんを、辞めさせようとしただけです。「太陽高校」ではバイトは禁じられています。おにいちゃんは何度も停学になってるから、今度、校則違反をしてることがバレてしまったら退学になるんじゃないかと心配になって……それで、「フォレスト」の面接を受けたんです。

憂は、空から視線をカオルに戻した。

――危険ドラッグを扱ってると気づいたのは、いつなんだ？

――バイトの初日に、おにいちゃんから聞きました。違法な店だから、いますぐ店を辞めろって。

――ふたりとも辞めなかったのはなぜだ？

――おにいちゃんに、一緒に辞めようって言ったんです。でも、同時だとオーナーに怪しまれるから私だけ先に辞めてくれって言われて……。

ジェームズの話によれば、半グレ集団のメンバーが「フォレスト」のオーナーらしい。

——それで、オーナーに話したのか？

——はい。でも、オーナーは認めてくれませんでした。店の秘密を知った私を辞めさせるわけにはいかないって……。どうしても辞めるなら、おにいちゃんを警察に突き出すと脅されました。

憂が、唇を噛んだ。

やはり、まともなオーナーではなかった。

やり口は、ほとんどヤクザと変わらない。

——そんなことをしたら、オーナーだって捕まるだろう？

カオルは素朴な疑問を口にした。

——「フォレスト」の名義は、全部おにいちゃんになってたんです。

——オーナーは、警察の摘発を逃れるために一切の証拠を残していないってわけか……。

憂が、口惜《くや》しげな表情で頷いた。

——一緒に店を辞めて自首しようって説得しました。だけど、おにいちゃんの答えはノーでした。オーナーは怖い人だって……ふたりでいなくなったら激怒して制裁してくるから、私ひとりで辞めてくれって。

——自分は犠牲になっても、お前を守ろうとしたわけだ。

——昔から、いつもそうでした。鬼ごっこしててお父さんの大事な壺《つぼ》を割ったときも自分が悪かったと謝ってくれたり、コンタクトレンズを落としたときに一緒に何時間も探してくれたり、酔っ払いに絡まれているときに助けてくれたり、落ち込んでいるときに笑わせてくれたり……。おにいちゃんは、いつだって私を見守り、慰め、励ましてくれました。私に非があるときでも、味方になってくれたんです。だから、たとえおにいちゃんが悪いことをやっていたとしても、私は見捨てません。

強い意志の宿った憂の瞳が、頭から離れなかった。

「驚きです……」

カオルの話を聞き終えた中村は、狐《きつね》に抓《つま》まれたような顔をしていた。

「知念さんが……」

明日香も、放心状態で呟いた。

成績が優秀なだけでなく、生活態度も模範的な憂は非の打ち所のない優等生だった。

そんな憂が藤城を救うために危険ドラッグを売買するなど、信じられないのも無理はない。

カオル自身、いまだに悪夢をみているような気分だった。

「このことは、まだ、ほかの先生には言ってないんです」

カオルは、中村と明日香の顔を交互にみた。

「どうして、私達に話してくれたんですか？」

明日香が首を傾《かし》げた。

「江口先生と中村先生に、協力してほしいんです」

「僕達、なにをやればいいんですか？」

「これから『フォレスト』に行って、僕はオーナーと話してきます。中村先生は藤城を、江口先生は知念をここに連れてきてください。多少強引なやりかたですが、ふたりを説得してみます」

「でも、そのオーナーって危ない関係の人じゃないですか？　半グレとかって、ニュースとかで怖い話を聞きますよね」

明日香が、心配そうな顔で言った。

「大事な生徒を守るためです。相手が誰であろうと、退《ひ》くわけにはいきません」

「さすが、あたしの息子だ！」

静香が、物凄い力でカオルの背中を叩いた。

「いざとなったら、レディース時代のヤンキー仲間を総動員して半グレどもをフルボッコにしてやっからさ」

「お袋、僕らは喧嘩《けんか》をするつもりはないんだ。暴力じゃ、なにも解決しないよ」

「なに甘っちょろいこと言ってんだお前は！　そんな危険ドラッグ売ってるような奴らが、話し合いで納得するわけねえだろ！　眼には眼を、毒には毒をだよ！」

半グレというキーワードに、ライバル意識が刺激されたのか静香のテンションは上がりっ放しだった。

「一之瀬の退学がかかってるんだ。事を大きくしたくないから、お袋はおとなしくしててくれ」

カオルは、有無を言わせない口調で言った。

「一之瀬が知念を救おうとしてドラッグ中毒になるなんて、なんだかせつない話ですね」

中村が、やりきれないといった表情でため息を吐いた。

「だからこそ、一之瀬にはチャンスをあげたいんです」

「ほかの先生に言わなかったのは、知念さんや藤城君にもチャンスをあげたいからなんですね？」

明日香が、カオルに微笑みを向けた。

「僕らだって彼らくらいの年頃のときは、失敗の連続だったはずです。もちろん、笑い話で済む小さな失敗から大問題に発展する大きな失敗まで様々です。でも、取り返しのつかない失敗なんて、人生においてそうあるもんじゃありません。大事なことは、彼ら三人をどう罰するかではなくて、同じ過ちを繰り返させないようにするにはどうすればいいのかを考えることだと思います」

「一文字先生みたいな素敵な先生に、私も教わりたかったです。あ……私、教師のくせになに言ってるんでしょう」

どぎまぎする明日香の耳朶《じだ》は、ほんのりと紅《あか》く染まっていた。

「お前ら、お似合いの夫婦になるよ」

静香が、ニヤつきながら言った。

「え……いえ……私そんなつもりじゃ……」

明日香は耳朶だけでなく顔全体を真っ赤にしてうろたえた。

「カオル、お前は明日香ちゃんのことどう思って……」

「前の学校での僕は、最低の教師でした」

唐突なカオルの告白に、明日香と中村が息を呑んだ。

「イジめていた生徒とイジめられていた生徒の、ふたりを僕は救えなかった。イジめられていた生徒は自殺未遂をし、イジめていた生徒はそれを嘲笑《あざわら》っていた。ふたりとも、心を患っていた。僕がふたりの心を殺したようなものです」

片時も、手塚と斉藤の顔を忘れたことはなかった。

いや、忘れないように努力した。

一分、一秒経《た》つごとに曖昧《あいまい》になりそうな記憶に抗《あらが》った。

忘れてしまえば、教師どころか人間失格だ。

ふたりのことは……とくに若くして命を絶とうとした斉藤のことは、死ぬ瞬間まで忘れてはならない。

「みっともねえなぁ、てめえは！　いつまで、昔のことグチグチグチグチ言ってんだよ⁉　あれは、お前のせいじゃないから、もう気にするのはやめろって！」

呆れ果てたように言ってはいるが、静香は誰よりもカオルの心を気にかけてくれていた。

――帰ってください。

斉藤の母は、自宅を訪れたカオルの顔をみるなりドアを閉めようとした。

――このたびは、僕の力が及ばず……。

――帰ってくださいって、言ってるでしょう！　先生に謝ってもらっても、隆俊《たかとし》の心の傷は消えないんです……。

――本当に、申し訳ありません。

――申し訳ないと思ってくださっているなら、あなたもお母様も、もう二度とこないでください。

――え……母がきたんですか？

――知らなかったんですか？　もう、三日続けてきてます。あなた達の顔をみるとあの日のことを思い出してつらいんです……。

携帯電話のコール音が、カオルを現実に引き戻した。

ディスプレイに表示されているのは、知らない番号だった。

「もしもし？」

『一文字先生の携帯電話でしょうか？』

品のよさそうな中年女性の声が、受話口から流れてきた。

「はい、そうですが。どちら様ですか？」

『知念憂の母です』

「あ、お母様ですか。憂さんの担任をしてます一文字カオルです。どうなさいました？」

「フォレスト」のことも屋上での会話も、現時点では母親に話すつもりはなかった。

『あの……今日、ウチの子、学校でなにかありましたでしょうか？』

母親の不安げな声がカオルに伝染した。

「え？　憂さん、どうかしたんですか？」

胸騒ぎに、カオルの背筋に緊張が走った。

『学校から、まだ戻ってこないんです。いつもなら遅くなるときには必ず連絡を入れてくる子なんですが……』

「まだ帰ってないんですか⁉」

カオルは、腕時計に視線を落とした。

午後七時三十分。憂は、遅くても六時には学校を出ているはずだ。

カオルの胸騒ぎに拍車がかかった。

『いったい、どうしてしまったんでしょう……』

母親の不安に震える声が、隠し事をしているカオルの罪悪感に爪《つめ》を立てた。

『警察に相談したほうがいいでしょうか？』

「ちょっと、待ってください。憂さんが親しくしている友人に心当たりを聞いてみますので。すぐに、ご連絡入れます」

いま警察に行方不明者届を出されれば、危険ドラッグのことが発覚してしまう恐れがある。

『はい、どうかよろしくお願いします』

「失礼します」

「知念が、どうかしたんですか⁉」

カオルが電話を切ると、中村が身を乗り出してきた。

「まだ、家に戻ってないそうです」

「危険ドラッグの件と、なにか関係あるんでしょうか？」

明日香の懸念が、カオルの危惧《きぐ》の念を煽《あお》った。

「出かけてきます」

「カオル、どこに行くんだい？」

静香の問いかけに答えず、カオルは部屋を出た。

「僕らも行きます」

中村と明日香が、カオルのあとを追ってきた。

ふたりの声は、カオルの耳に入らなかった。

頼む……無事でいてくれ……。


心で祈りながら外に飛び出したカオルは、スマートフォンの電話帳をタップした。

番号を呼び出し、通話ボタンを押した。

メロディコールが、カオルの耳で虚《むな》しく繰り返された。

一分以上、カオルは鳴らし続けた。


出ろ……出るんだ！


カオルの念が届いたのか、四度目のメロディコールが途絶えた。

『なんの用だよ？』

不機嫌そうなジェームズの声が流れてきた。

「知念が家に帰ってないらしい。心当たりはないか？」

『は？　俺があいつの居場所なんて知ってるわけないだろ？』

「そうか……危険な目にあってなければいいが……」

『知念がいるかどうか知らねえけど、藤城先輩がオーナーに呼び出し食らったって佐々木さんが言ってたな』

ジェームズが、思い出したように言った。

「なにかあったのか？」

『一之瀬の件で、警察から「フォレスト」に問い合わせがあったみたいでさ、その件でなんか揉《も》めてるみたいだぜ』

「じゃあ、知念も……」

カオルの頭から、血の気が引いた。

『かもな』

「藤城は、オーナーにどこに呼び出されたんだ!?」

『さあ』

「さあって、なに他人事みたいに言ってるんだ！」

『他人なんだよ！　まったく、なに言ってんだ、カオルちゃんは……』

「頼む！　心当たりを教えてくれ！」

カオルは、携帯電話を耳に当てたままみえもしないジェームズを相手に頭を下げた。

『ほんと、子供みたいだな。しようがねえな……佐々木さんに探り入れてみるから、とりあえず
「フォレスト」に向かっててくれ』

「『フォレスト』に？」

『ああ。事務所が入ってるビルが「フォレスト」の近くにあるからさ。藤城先輩が呼び出されてんのも、店か事務所のどっちかだろ。俺も行くから』

「え……お前も、きてくれるのか⁉」

カオルは弾んだ声で訊ねた。

『俺が教えた情報だから、へたなことされたら困るからな。監視役として、つき合ってやるよ』

ジェームズが、ぶっきら棒に言った。

「なんやかんや言っても、優しいんだな」

『調子乗んなよ。十五分くらいで着くから、はやくこいよ』

言い残し、ジェームズが電話を切った。

「桜井が、協力してくれるそうです」

「えっ、桜井がですか⁉」

中村が、驚きに眼を見開いた。

「桜井君って、そういう一面があったんですね」

明日香も、意外そうな顔をしていた。

「もしかしたら桜井は、僕に似ているのかもしれません。本当の桜井は……」

中村と明日香がきょとんとした表情でカオルをみつめた。

「とりあえず、渋谷で桜井が待ってるから行きましょう」

カオルは、ふたりを促し駅のほうへと足を向けた。

熱くて、まっすぐな男だ。

言葉の続きを、カオルは心で紡いだ。

14

午後八時五分。

渋谷のセンター街は、B系ファッションの少年や制服姿のギャル達の姿が眼についた。

「へい、ボス！　洋服、いいのあるよ！」

赤いキャップにダボダボのTシャツを着たダンスカジュアルなファッションの黒人が、同じような服装の若者に声をかけている。

「キャバクラとかじゃなくても、キャッチっているんですね」

中村が、興味深そうに黒人キャッチを眼で追った。

「中村先生は、キャバクラとか行くんですか？」

「と、とんでもないですよ。僕は、そんなところに行ったことはありません！」

明日香が訊ねると、中村が顔前で慌てて手を振った。

「こんな時間まで、中学生や高校生のコが一杯いるんですね」

心配そうに周囲を見渡しながら、明日香が言った。

「これでも昔より健全になったみたいですよ。僕らの親の世代のときは、センター街はチーマーで溢れ返ってたそうですからね。オヤジ狩りとか、聞いたことありません？」

カオルは振り返り、明日香と中村に訊ねた。

「ああ、僕らが小学生くらいの頃にニュースでやってました。あの頃は別世界の話でしたけど、いまは『オヤジの領域』に足を踏み入れる年齢になってきましたからね。ああ、やだやだ」

中村が、大袈裟《おおげさ》に身震いしながら言った。

「もう、着きますよ」

宇田川交番を五十メートルほど過ぎたあたりで、煉瓦造りのマンションがみえてきた。

「一文字先生、あのマンションに、危険ドラッグを売ってる店が……」

「シッ！　声がでかい」

すっと現れ中村の口を塞ぐ少年——ジェームズが、咎《とが》める口調で言った。

「桜井、どこにいたんだ？」

驚きを隠せずに、カオルは訊ねた。

「センター街の入口からずっと後ろを歩いてたのに、三人もいて気づかなかったのか？」

「お前、尾行がうまいんだな？」

「カオルちゃん達が、鈍感過ぎるだけだろ？」

呆れた顔で言うと、ジェームズが足を踏み出し「フォレスト」の入るマンションの裏手に回った。

「どこに行くんだ？『フォレスト』のマンションを通り過ぎたぞ？」

「いいから、黙ってついてこいよ」

ジェームズは、「フォレスト」の入るマンションから十メートルくらい離れた雑居ビルのエントランスに入った。

管理人室は無人で、ビル全体がひっそりと静まり返っていた。

ジェームズは階段を使い二階に上がると、三つ並ぶドアのうち一番手前を開けた。

カオルの視界に、コンクリート剝《む》き出しの壁に三方を囲まれた殺風景な空間が飛び込んできた。

「はやく！」

ジェームズは三人を急《せ》かし室内に入れると、ドアを閉めカギをかけた。

カオルは、視線を巡らせた。

床からはところどころ配線が飛び出し、眼を凝らすとゴキブリやハエの死骸《しがい》が無数に転がっていた。

薄暗い空間は湿っぽく、カビ臭さが鼻孔の粘膜を刺激した。

「桜井君、ここはどこだい？」

中村が、訝《いぶか》しげな顔をジェームズに向けた。

明日香は、虫の死骸が気持ち悪いのか、ドアのそばから離れようとしない。

「来年取り壊される廃ビルさ。地下に、『フォレスト』の事務所があるんだ」

「なんで廃ビルなんかに事務所があるんだ？」

カオルは、率直な疑問を口にした。

「まあ、とりあえず座んなよ」

ジェームズが、フロアの隅の壁に立てかけてあったパイプ椅子を四脚ぶんセットした。

カオルは、ハンカチを広げた椅子に明日香を促した。

「ありがとうございます」

「カオルちゃん、この女のこと好きなのか？」

ジェームズが、茶化すように言った。

「こら！　先生にたいして、この女なんて言っちゃだめだ。江口先生って、呼びなさい」

「カオルちゃんって、ときどきジイさんみたいなことを言うよな？　本当は、五十過ぎのおっさんじゃないのか？」

ジェームズが、腹を抱えて笑った。

「桜井のイメージが変わったよ」

中村のひと言に、ジェームズから笑みが消えた。

「あんたが俺のなにを知ってるんだ？　調子に乗ってんじゃねえよ」

「その口の利きかたはなんだ！」

胸倉を摑もうとした中村の手を振り払ったジェームズが、逆に襟首を摑んだ。

「教師だからって、偉そうにすんなよ」

ジェームズが殺気立った眼で中村を睨みつけた。

「ふたりとも、やめなさいよ！　いまは、仲間割れしてる場合じゃないでしょう？」

明日香が、中村とジェームズを窘《たしな》めた。

「仲間じゃねえし」

ジェームズが吐き捨てるように言って、中村の襟首から手を離した。

「なんで廃ビルの地下を事務所にしてるんだって質問の答えを、まだ聞いてないぞ」

カオルは、剣呑《けんのん》な空気を変えるために話題を巻き戻した。

「危険ドラッグを製造してるからさ。このビルは『フォレスト』のオーナーの知り合いが経営している不動産会社が管理している物件らしい。廃ビルだと人の出入りもないし、悪いことやるのに都合がいいってわけだ」

「藤城と知念は、そこに囚《とら》われているのか？」

「多分な。一之瀬が警察《サツ》に捕まったことで『フォレスト』は危険にさらされる。そうなれば、オーナーにも捜査の手が伸びるのは確実だ」

カオルの胸に、嫌な予感が広がった。

「オーナーは、ふたりになにをしようとしてるの？」

明日香が、恐る恐る訊ねた。

「身代わりだよ」

「身代わり？」

「藤城先輩は『フォレスト』の名義人だ。なにかあったときに罪を被《かぶ》る役回りだ。そのために、人より多くの給料を貰《もら》ってるのさ」

「知念さんは、どうなるの？」

「出しゃばったことしなきゃ、脅されるだけで解放されると思う」

「出しゃばったことって？」

「藤城先輩に罪を被せるのは許せないとか、警察にすべてを話すとか……そういう優等生発言だよ」

「知念なら、言いかねないな……。それを言ったら、どうなってしまうんだ？」

カオルは、深いため息とともに訊ねた。

「ただじゃすまないだろう。最悪、殺されるかもな」

ジェームズがさらっと言ってのけた。

「殺される……」

カオルは絶句した。

「おい、どこに行くんだよ」

椅子から腰を上げたカオルの腕を、ジェームズが摑んだ。

「藤城と知念を助けに行くに決まってるだろ！」

「相手が何人いてどんな状況かわからないのに、どうやって助けるんだよ！」

「そんな悠長なことを言って、ふたりの身になにかがあったらどうするんだ⁉」

「だからって、無闇《むやみ》に乗り込んで助けられると思ってんのか⁉　相手が十人いたら？　拳銃《けんじゅう》やナイフを持っていたら？　ヒーロー気取ったあんたのせいで、ふたりを死なせるかもしれないんだぞ⁉」

「どんな理由があったとしても……」

「そこがあんたの悪いとこなんだよ！」

ジェームズが、怒声でカオルを遮った。

「一文字先生に、なんてことを……」

「中村先生、いいんです。さあ、話を続けて」

カオルは中村からジェームズに視線を移し促した。

「熱血や正義感っていえば聞こえはいいけど、ただの独りよがりだろ？　生徒のために身を投げ出せる先生なんてそういないし、カオルちゃんは立派だと思うよ。でもさ、それで藤城先輩や知念になにかがあったらどうする気だ⁉　あんたの行動に、あいつらの運命がかかってんだ！」

――私達親は、教師に子供の人生を預けているんです。一文字先生には、隆俊の人生を預かっているっていう自覚はありましたか？

斉藤の父のやりきれない表情が、カオルの記憶に蘇った。

――十四歳の子供が手首を切るほど精神的に追い詰められていたのに、一文字先生はなにも気づかなかったんですか？

――本当に、申し訳ございません。私は、教師失格です……。

カオルは、力なくうなだれた。

――隆俊が命を落としていたら、そうやって罪悪感に浸っていることもできないんですよ？　隆俊が助かったのはあくまでも結果論で、自殺をはかったという事実に変わりはありません。息子の運が悪ければ、死んでいました。一文字先生。隆俊は生きていますが、あなたが殺したんです。

「そうなのかもしれない……」

カオルは、独り言のように呟いた。

「僕が乗り込んだら、助けるどころかふたりをよけいに危険な目にあわせるかもしれないな。でも、このままだと……どうすればいいんだ……」

カオルは、苦悶《くもん》の表情で天井を見上げた。

「とりあえず、俺が様子をみてくるよ」

ジェームズが立ち上がった。

「桜井っ、なにを言い出すんだ⁉」

カオルは、弾《はじ》かれたようにジェームズをみた。

「そうよ。そんなことをしたら、あなたの身に危険が及ぶわ。馬鹿なまねはやめて」

明日香が腰を上げ、ジェームズを諭した。

「迷惑者の俺のことでも心配するのは、教師の義務か？」

ジェームズが鼻で笑った。

「皮肉はよせ。僕らはお前のことを迷惑者だなんて思っていないし、本気で心配しているんだ！もし、そんなことを言う人間がいたら、僕が許さない！」

カオルは、ジェームズの正面から肩を摑み、熱い口調で訴えた。

「わかったわかった。マジ、暑苦しいから」

ジェームズが苦笑いしながらカオルの手を払った。

「心配しないでも、俺なら疑われないから大丈夫だよ。佐々木さんの舎弟だと思われてるからな」

「でもな……」

「それしか方法はないだろ？　俺が佐々木さんの使いの振りして地下室に行って中の様子を探ってくるからさ。俺を信じろよ」

ジェームズが、強い光を宿した瞳でカオルを見据えた。

「わかった」

「一文字先生っ、だめですよ！」

中村が、強い口調で反対してきた。

「私も同意見です。桜井君をひとりで行かせるなんて、危険過ぎます」

明日香が中村に追従した。

「中村先生、江口先生……ここは、桜井を信じましょう！」

カオルは、迷いなく言い切った。

「ほんと、どこまでも熱血馬鹿だな。ま、一応、ありがとうって言っとくよ。俺が出てくるまで、絶対に勝手なことするんじゃねえぞ」

照れ隠しか、わざとぶっきら棒に言い残し、ジェームズがドアに向かった。

「無茶するなよ！」

カオルが声をかけると、振り返らずに手を上げたジェームズが外に出た。

「一文字先生の影響ですね」

不意に、明日香が言った。

「え？」

「桜井君ですよ。彼、本当に変わりました」

「まったくです。あんなに協力的だなんて、問題児とは思えませんよ」

中村も頷きながら明日香に続いた。

「桜井を問題児と言われるような少年にしたのは、僕達、大人の決めつけかもしれませんね。彼はいつだって、大人に心を開くタイミングを待っていたんだと思います」

カオルは、ふたりに、というよりも自分自身に言い聞かせた。

明日香と中村が神妙な顔で頷いた。

「私達教師が、生徒に教えられてるんですね」

明日香が、シミジミと言った。

「とくに僕達は、彼らよりたかだか十年くらいしか長く生きてませんから。彼らが知らない大人の社会は、僕達だって五、六年しか経験していないんです」

カオルは、ひと言、ひと言、嚙みしめるように言った。

「なるほど。一文字先生は、変わった角度からものをみるんですね」

中村が、驚きのいろを宿した眼でカオルをみつめた。

「いえ、過去の自分に戻っているだけですよ。大人になるっていうことは、ある意味、別人になることですから」

五歳の少年の気持ちを理解するには五歳の自分に、十五歳の少年の気持ちを理解するには十五歳の自分に戻らなければならない。

どんなに高尚な僧侶《そうりょ》でも、どれほど優れた心理カウンセラーでも、子供の気持ちは理解できない。

人生経験が豊富になればなるほど、同じ目線でものをみることが難しくなってしまうのだ。

「みんな、大丈夫かしら……」

明日香が、心配げに独りごちた。

「正直、不安がないと言えば嘘《うそ》になります。でも、いまは、桜井を信じるしかありません」

カオルは、眼を閉じた。

三人の身にもしものことがあったら……。

たとえ神様でも、許しはしない。

☆

室内の空気は、湿った砂のように重々しかった。

桜井が地下室に行って、既に三十分が経《た》っていた。

「ちょっと、遅くないですか？」

中村が、不安そうに訊ねてきた。

「そうですね。なにかあったのかしら……」

明日香の顔も曇っていた。

カオルは、一分置きにスマートフォンのデジタル時計に眼をやった。

胸の中で競い合うように膨らむ危惧と懸念を打ち消した。

「あの……一文字先生、警察に連絡したほうがいいんじゃないですか？」

中村が、遠慮がちに切り出した。

「だめです。藤城と知念まで逮捕されてしまいます」

「でも、危険ドラッグの販売にかかわっていたことは事実ですから、罪を隠し通すわけにはいかないでしょう」

……」

「隠すつもりはありません。警察には、僕が連れてゆきます。ドラッグの製造現場にいるところに乗り込まれてしまえば、彼らも共犯として現行犯逮捕されてしまいます。藤城は先輩に誘われたノリで、知念に至ってはその藤城を説得するために『フォレスト』で働き始めたんです。警察が受ける印象も、現行犯と自首ではまったく違います。それとも中村先生は、ふたりが共犯だと思われますか？」

「いえ、とんでもない。僕だって、一文字先生と同じ考えです。でも、いまの三人の状況が心配で……」

中村の言いたいことは、カオルにも痛いほど伝わった。

憂と藤城を守るため警察を呼ばないという判断が仇《あだ》となり、生徒を危険な目に遭わせてしまったら……。

「私も、中村先生と同意見です。一文字先生の生徒の立場を悪くしないためにいまのタイミングで警察に通報しないという考えには賛成なのですが、一方でアクシデントが起きた場合のことを考えると……」

不安げな明日香の瞳が、カオルの危惧の念に拍車をかけた。

「わかりました。あと五分経って桜井が出てこなかったら……」

警察に連絡しましょう……という言葉を、着信音が遮った。

「ナイスタイミングです」

液晶に表示される「桜井ジェームズ」の名前……カオルは安堵のため息を吐き、スマートフォンの通話ボタンを押した。

「もしもし!?　桜井……」

『あんた、カオルさん？』

受話口から流れてきたのは、ジェームズではない聞き覚えのない男の声だった。

「そうですけど、あなたは誰ですか？　これは、桜井の携帯のはずですけど」

『ああ、俺は榊原《さかきばら》ってもんだ。桜井ってガキの携帯のリダイヤル押したら、カオルちゃんって名前が表示されたってわけ。あんた、このガキとどういう関係？』

榊原が、人を小馬鹿にしたような口調で訊ねてきた。

声色から察して、カオルと同年代の感じがした。

「僕は、桜井のクラスの担任教師です」

『なんだ、センコーか』

「あなたは、もしかして『フォレスト』の経営者ですか？」

カオルの問いかけに、明日香と中村の顔に緊張が走った。

『ビンゴ！　さーすが、先生、勘が鋭いね～』

榊原が高笑いしながら言った。

「桜井に代わってくださいっ」

『そんな面倒なことしないでも、こっちに会いにこいよ。近くにいるんだろ。桜井だけじゃなくて、藤城も憂ちゃんもいるからさ。全部、あんたんとこの学校の生徒なんだろ？』

「生徒達に、なにをしたんですか⁉」

『おいおいおい、ずいぶん、失礼な先生だな。そんなに心配なら、さっさと会いにこいや。わかってるだろうけど、警察《サツ》にタレ込んだら大事な教え子達の命の保証はしねえぞ。んじゃ、待ってるからよ』

榊原は一方的に言い残し、電話を切った。

「桜井がどうしたんですか⁉」

「桜井君の身になにか⁉」

明日香と中村が、強張《こわば》った顔で訊ねてきた。

「……『フォレスト』のオーナーに捕まったようです」

苦悶の表情のカオルの前で、ふたりが絶句した。

「一文字先生、だめですよ！」

明日香が、両手を広げてドアの前に立った。

「呼ばれたので、行かなければなりません。江口先生、そこをどいてください」

「江口先生の言うとおりですっ。危険な相手が待ち構えているとわかっているのに丸腰で乗り込むだなんて、自殺行為です！　警察に、通報しましょう！」

「中村先生っ、僕達がここにいることは知られていますし、警察を呼んだら生徒達の命の保証はできないと警告されました。まずは、僕ひとりで行きますから」

「一文字……」

「中村先生っ、三十分経って僕からなにも連絡がなかったら、一一〇番通報してください！」

「お願い……行かないでくださいっ」

明日香が、涙に潤む瞳で懇願した。

「生徒達を助けるのが、僕の使命です。それより優先すべきことは、なにもありません。今度こそ、助けなければ……江口先生。僕を、卑怯者《ひきょうもの》にしないでください」

明日香の両肩に手を置いたカオルは、切々とした思いを込めて訴えかけた。

「一文字先生……」

「僕を、信じて」

カオルは明日香をみつめ、力強く頷いてみせるとドアを開け部屋を出た。

☆

地下室の錆《さ》びついた鉄製のドアの前で、カオルは深呼吸した。

スマートフォンに表示されたデジタル時計は、九時になろうとしているところだった。

カオルは、大きく息を吐くとドアの横のインタホンを押した。

ドア越しに、足音に続いて金属音が聞こえてきた。ほどなくドアが開いた。

金髪坊主の百九十はあろうかという大柄な若者に腕を摑まれ、室内へと引きずり込まれた。

薄暗く寒々とした十坪ほどの空間が視界に広がった。

フロアの中央には、調理場にあるようなスチール製の長テーブルが二脚設置されていた。

長テーブルの上は、物凄い数のタッパーで埋め尽くされていた。

ざっとみても、ゆうに百個以上はある。

タッパーから透けてみえる中身は、ほとんどがハーブらしき乾燥させた植物や粉末だった。

四方を囲む壁際には段ボール箱がびっしりと積み上げられており、業務用の大型冷蔵庫が二台並んでいた。

「生徒は、どこにいるんです？」

「いま、連れて行ってやるからよ」

金髪巨漢が、フロアの奥へとカオルを促した。

壁のような大きな背中についていくと、パーティションが現れた。

「連れてきました」

パーティションの扉をノックし、金髪巨漢が奥の部屋に声をかけた。

「入れていいぞ」

パーティション越しに男性の声が返ってくると、金髪巨漢が扉を開けた。

「ようこそ、『楽園』へ」

コンクリートに囲まれた殺風景な地下室に不似合いな白革貼《ば》りのソファに、踏ん反り返って座る色黒で髪をポニーテイルにした男が芝居がかった口調で言った。

細マッチョと言われる体脂肪の少ない筋肉質の肉体を白のタンクトップに包み、首や腕には鎖のようなシルバーのペンダントとブレスレットを巻いていた。

右肩にはスカルの、左肩にはバラのタトゥーが彫ってあった。

色黒男の両脇──椅子にロープで縛りつけられた憂と藤城が、カオルを認めて眼を見開いた。

ふたりの口には粘着テープが貼られているので、声を出すことができない。

憂の背後には見張り役なのだろうブルーのスーツの男、藤城の背後にはグレイのスーツの男がそれぞれ立っていた。

「榊原だ」

ソファに足を組み座ったまま、色黒男──榊原が右手を差し出してきた。

「ふたりのロープを解いてください」

カオルは、榊原の右手を無視して言った。

「どうして?」

「どうしてって……連れて帰るんです」

「そりゃ、無理だ。ふたりは、俺の会社に損害を与えたんだからな」

榊原が煙草をくわえると金髪巨漢が大きな身体を小さく丸めライターで穂先を炙《あぶ》った。

「損害については、一度学校に持ち帰り上司とも検討しますから、今日のところは生徒を連れて……」

「この場で決めるんだよ！」

カオルを、榊原の大声が遮った。

「とにかく、彼らの口のテープを剝《は》がしてあげてください」

カオルが頼むと、榊原がブルースーツとグレイスーツに目顔で合図した。

「知念、大丈夫か⁉」

「先生っ、ごめんなさい！　私……私……」

憂が、しゃくり上げながら詫びた。

「いいんだ、自分を責めるな。お前とは、授業初日以来だな？」

カオルは、憂から藤城に視線を移した。

「なにしにきたんだよ？」

「お前らを、連れ戻しにきたのさ」

「ウゼぇな。誰も頼んでねえよ」

藤城が舌を鳴らした。

「おにいちゃん、一文字先生は助けにきてくれたんだから、そんな言いかたしちゃだめよ」

憂に窘められた藤城が、バツが悪そうに横を向いた。

「カオル先生は、悪者を退治しにきた正義の味方ってやつか？」

榊原が、手を叩いて爆笑した。

「なあ、カオル先生、わかったか？　こいつら、こんな感じで俺の店で乳繰り合ってっから、仲間が警察《サツ》にパクられるようなヘマするんだよ。一之瀬ってガキのせいで、俺がどんだけの被害にあってんのかわかるか？」

榊原が唇を窄《すぼ》め、糸のような紫煙をカオルの顔に吐きかけてきた。

「でたらめ言うな！　俺と憂は、そんな関係じゃねえ！」

藤城が、榊原に食ってかかった。

「カオル先生、あんたの学校じゃさ、目上の人間にたいしての口の利きかたとか、教えないわけ？」

カオルに顔を向けたまま、榊原が右腕を薙《な》いだ――裏拳《うらけん》が、藤城の鼻っ柱を痛打した。

藤城の鼻から噴き出す鼻血をみて、憂が悲鳴を上げた。

「暴力はやめろ！」

踏み出しかけたカオルの前に、ブルースーツとグレイスーツが立ちはだかった。

「ここは学校じゃねえんだよ。主導権を握るのはあんたじゃなく俺だ。ここじゃ、トイレに行くにも俺の許可がいる。このガキふたりを生かすも殺すも、俺の気分次第ってわけだ」

榊原が、口角に加虐的な笑いを貼りつけた。

「こんなことして、なにになるんだ？　もし、生徒を無事に返してくれるなら、警察に余計なことは言わないって約束する」

罪に眼を瞑れば自分も共犯者になることはわかっていた。

だが、正義を貫くために教え子を危険にさらすのは本末転倒だ。

「は？　お前、なにか勘違いしてねえか？　『フォレスト』の責任者は登記上藤城になっている。俺の名前は、どこを探しても出てこない。ついでに言えば、この製造場所の賃借人も藤城だ。警察にタレ込むのは勝手だが、藤城の罪を立証するものしか出てこねえ。どうぞご自由にってやつだ」

榊原が、惚《とぼ》けたふうに肩を竦《すく》めた。

「ウチの生徒は、あなたに使われていただけだ！　証言すれば、警察だってわかってくれる」

「教師ってのは、甘ちゃんだな。警察《サツ》ってとこは九十九パーセント怪しいと思っても、物的証拠がなけりゃ立件できねえんだよ。こいつらや仲間に教えてる榊原って名前も架空で、そんな男、この世にゃ存在しねえし。仲間が警察《サツ》にこいつらを売る頃にゃ、俺は優雅に海外生活を満喫してるってわけだ。日本の警察《サツ》がどれだけ優秀っつっても、本名もわからない人間を追うことはできねえし、その前に、ガキの証言だけで警察《サツ》は動かねえよ」

「きったねえ男だな！　憂は関係ねえんだから、返してやれよ！」

藤城が、榊原に訴えた。

「そりゃ、無理な相談だな。お前らふたり、仲良くお勤めしてこいよ」

「てめえ、ぶっ殺し……」

怒声を浴びせようとした藤城の顔面に、ふたたび榊原の裏拳が飛んだ。

「暴力を振るわないで！　おにいちゃんも、もうやめて！　おにいちゃんが逮捕されるなら、私も刑務所に行くわ！」

憂の叫びに、拍手の音が重なった。

「純愛はいいね～。美しいね～」

榊原がフィルターだけになった煙草をくわえたまま、手を叩いていた。

「……なにが望みなんだ？」

カオルは、押し殺した声で訊ねた。

藤城と憂に罪を被せるのが目的なら、自分を呼んだりせずに警察に通報して海外に高飛びしたはずだ。

さりげなく、腕時計に視線を落とした。

九時十分。

あと二十分経ってカオルから連絡がなければ、明日香達が一一〇番通報する手筈《てはず》だ。

状況は変わり、いまとなっては、警察が踏み込んできたほうが都合がいい。

榊原を現行犯逮捕できれば、本当の経営者が藤城でないことが証明できる。

「さっきから、勘だけは鋭いな。一週間以内に、三千万用意しろ。そしたら、このガキどもを警察に突き出すことはやめてやってもいいぜ」

「三千万……」

カオルは絶句した。

「そんなに驚くことはねえだろ？　お前んとこのガキのせいで、こっちは店を潰《つぶ》して海外に逃亡生活だ。三千万なんて、俺の被害に比べたら安いもんだろうが？」

「危険ドラッグの販売は、あなたが始めたことでしょう⁉　おにいちゃんに罪を被せるだけでなく先生にお金を要求するなんて……一文字先生、お金なんて絶対に払わないでくださいっ」

榊原を非難した憂が、カオルに強い口調で訴えた。

「おい？　お前、俺が女に手を出さない主義だとでも思ってんのか？　なんなら、ここで輪姦《まわ》してやろうか？　お？」

榊原が、下卑た笑いを浮かべた。

「てめえっ、憂におかしなまねしたらぶっ殺すぞ！」

藤城が目尻を吊り上げ、榊原に怒声を浴びせた。

「口しか動かせねえお前が、どうやって俺を殺すんだ？　まあいい。お前は、あとでゆっくり相手してやるからよ。さあさあ、カオル先生。三千万を払うか？　それとも、かわいい生徒ふたりを見殺しにするか？　あ？　どうするんだ⁉　カオル先生よ！」

榊原がフィルターだけになった煙草を灰皿に捨て立ち上がると、カオルに詰め寄った。

「ふたり……桜井、桜井はどこにいる？」

ジェームズの姿がないことに、カオルは気づいた。

「担任教師が呼んでるぞ」

榊原が大声を出すと、フロアの隅のトイレのドアが開いた。

「榊原さん、もっと早く呼んでくれなきゃ。臭くて窒息しそうになりましたよ」

ジェームズが、トイレから鼻を摘《つま》みながら出てきた。

「桜井……お前……どうして？」

カオルは、干乾《ひから》びた切れ切れの声で問いかけた。

「どうしてって？　マジにあんたに協力すると思ったわけ？　こいつらが刑務所《ムショ》にぶち込まれようが半殺しにされようが、俺の知ったことじゃない」

ジェームズが、冷え冷えとした瞳でカオルを見据えた。

「だったら、なぜ、僕にいろいろと協力をしてくれたんだ？」

「あんたを信用させるためだよ」

ジェームズが、片側の頬に冷笑を貼りつけた。

「一之瀬が捕まってから、お前が僕にやってくれたことは全部演技だったのか？」

「もちろん。おかげであんたは油断して、いろんなことを俺に話したってわけさ」

「おいっ、こら一年！　てめえ、こんなことして、ただで済むと思ってんのか！」

藤城が、ジェームズを巻き舌で恫喝《どうかつ》した。

「元はと言えば、全部、あんたのせいだろうが？　知念がこんな目にあってんのも、あんたがマヌケだからだ。てめえのやったことは、てめえで責任取れよ！」

ジェームズが、藤城を一喝した。

「桜井……嘘だと言ってくれ……あれが全部演技だとはどうしても思えないんだ」

カオルは、ジェームズの肩に手を置き瞳を覗《のぞ》き込んだ。

「ウザいんだよ」

ジェームズが眉をひそめ、カオルの手を振り払った。

「俺はあんたを利用したんだ。まだ気づかねえのか？」

カオルの頭の中は、真っ白に染まった。

「カオル先生よ、あんた、相当におめでたい奴だな。ここまではっきり言われてんのに、まだ信用しようとしてんのか？　馬鹿じゃねえの？」

榊原が、カオルを嘲《あざけ》り笑った。

「ああ、信用するさ！　馬鹿だと言われようが騙されていようが、僕は彼らを信用する。桜井、藤城、知念……たとえ世界中が敵になっても、僕だけは彼らの味方になる。教師とは、教える師と書く。教師は、生徒に進むべき道筋をつけてあげなければならない。悪に屈し三千万を払う姿を、この子達にみせるわけにはいかない。お金があれば物を解決できると、この子達に勘違いさせてはならない。だから、たとえ僕が大金持ちであっても、君にはビタ一円も払うつもりはない！」

カオルは、きっぱりと言い切った。

「ほう、ずいぶんと大きく出たじゃねえか？　だったら、こいつらを警察に突き出すだけの話だ」

「その必要はありません」

カオルは、スマートフォンを右手で高々と宙に掲げた。

「僕が、あなたを警察に突き出す！　藤城と知念に関しては、危険ドラッグの売買にかかわったのは事実だから、その罪についてはしっかりと償ってもらいます。でも、藤城に経営者として全責任を負わせるなんてことは、僕が許さないっ」

「てめえっ、おとなしくしてりゃ調子こきやがって！」

榊原の右の拳がカオルの左頰にめり込んだ。

「先生！」

憂の叫びが脳内で反響した。

後方によろめくカオルを、金髪巨漢が羽交い絞めにした。

「おめえはおとなしく三千万を用意すりゃいいんだよ！」

今度は、榊原の拳がみぞおちを抉《えぐ》った。

瞬間、息が詰まった。

「どうだ？　払う気になったか？　お？」

「君には……ビタ一円も払わない……」

「まだ言うか！」

怒声とともに、榊原がカオルの顔面にパンチの雨を降らせた。

「いやーっ！　やめて！　先生が死んじゃうわ！」

憂の悲鳴が、カオルの鼓膜からフェードアウトした。

顔は火がついたように熱くなり、口の中に鉄の味が広がった。

瞼《まぶた》が腫《は》れ、視界が狭まった。

腹を蹴《け》りつけられ、口から吐瀉物《としゃぶつ》が噴き出した。

後ろから羽交い絞めにされているので、膝を突くこともできなかった。

「おら！　おら！　おら！　おら！　おら！」

頬、顎、胸、みぞおち、下腹……榊原は、まるで人間サンドバッグのようにカオルを滅多無尽に殴りつけた。

骨にまで響く激痛に、心が折れそうになった。

負けるな！　生徒の未来がかかっているんだ！　ここで屈してしまうわけにはいかない！


カオルは歯を食い縛り、己を奮い立たせた。

「三千万を、払う気になったか？」

肩で激しく息を吐きながら、榊原が訊ねてきた。

「き……君に……払う……お金は……ない！」

気息奄々《えんえん》に、カオルは言った。

「て……てめえっ、死ねや！」

怒声とともに振り上げられた榊原の拳が宙で止まった。

「もう、十分だろ？」

榊原の手首を摑んだジェームズが言った。

「おいっ、てめえ、そりゃ、なんのつもりだ⁉」

榊原が、ジェームズを三白眼で睨みつけた。

「もう、カオルちゃんを殴るなって言ってんだよ」

「おいっ、こら！　俺を裏切るとどうなるかわかってんだろうな？」

「は？　言ってる意味がわかんねえな。裏切るっていうのは、味方が敵になることだろ？　俺は一瞬でも、あんたの味方になったことはない」

「てめえ、なにわけのわかんねえこと言ってんだ⁉　俺に協力してこのセンコーを騙したじゃねえか⁉」

「それは、こいつを手に入れるためだ」

ジェームズは言うと、榊原の手首を摑んでいるのとは反対の手を高々と掲げた。手には、マイクロレコーダーが握られていた。

「ど、どういうことだ⁉」

「勘が鈍いな。危険ドラッグで、脳みそが溶けてんじゃないのか？」

小馬鹿にしたように言いながら、ジェームズがマイクロレコーダーのスイッチを入れた。

『教師ってのは、甘ちゃんだな。警察《サツ》ってとこは九十九パーセント怪しいと思っても、物的証拠がなけりゃ立件できねえんだよ。こいつらや仲間に教えてる榊原って名前も架空で、そんな男、この世にゃ存在しねえし。仲間が警察《サツ》にこいつらを売る頃にゃ、俺は優雅に海外生活を満喫してるってわけだ。日本の警察《サツ》がどれだけ優秀っつっても、本名もわからない人間を追うことはできねえし、その前に、ガキの証言だけで警察《サツ》は動かねえよ』

「三千万とか脅迫してたことも、カオルちゃんを殴った様子も録音済みだ」

「なっ……」

マイクロレコーダーから流れてくる己の声に、榊原が絶句した。

「さ……桜井……お……お前……」

カオルは、腫れ上がった血塗《ちまみ》れの顔をジェームズに向けた。

「悪かったな。カオルちゃん。敵を欺くにはまずは味方から……って諺《ことわざ》あったよな？　騙したお詫びに、カオルちゃんが言う通り、顧問に復讐するのはやめにするよ」

「ど……どうして……急に？」

カオルは、途切れ途切れの声で訊ねた。

「カオルちゃんみたいにさ、胸を張って保奈美に会いたいからさ。俺も、誰かさんの単純馬鹿が移ったのかもな」

ジェームズが、カオルに微笑んだ。

彼が心の底から笑った顔を、初めてみたような気がした。

「てめえっ、なにわけわかんねえこと言ってんだ！」

榊原がジェームズに怒声を浴びせた。

「この音源があれば、あんたがオーナーだって証明できるってわけだ」

ジェームズが、カオルから榊原に視線を移して言うとドアに向かって駆けた。

「追えっ！　あのガキをぶっ殺せ！」

榊原が命じると、ブルースーツ、グレイスーツ、金髪巨漢が桜井を追った。

物凄い衝撃音とともに、地下室のドアが開いた。

「警察だ！　動くな！」

楯《たて》を手にした十人近い制服警官を引き連れたスーツ姿の刑事が、ふたつ折のチョコレート色をした警察手帳を掲げた。

「一文字先生！　大丈夫ですか⁉」

明日香と中村が、腰から崩れ落ちたカオルに駆け寄ってきた。

「一文字先生には三十分経ったらって言われてましたけど、心配で……十分早く通報しちゃいました……先生っ、一文字先生！」

カオルは、薄《う》っすらと微笑んだ。

明日香の声が遠ざかり、涙に濡《ぬ》れた顔が白い闇に溶け込んだ。

15

「太陽高校」の通学路を歩いていたカオルは、天を見上げた。

久しぶりに、空を青いと感じた。

ずっと、雨だったわけではない。

謹慎していた一ヶ月の間に、晴れの日も多かった。

天気がいいとか、風が心地よいとか、草花が美しいとか……そういった大自然の恵みに心を向けている余裕がなかった。

もうすぐ、一之瀬と藤城の審判が行われる。

審判の結果に関係なく、ふたりの退学処分が決まった。

憂は、無期限の停学処分となった。

カオルは、警察を呼ばずに独断で行動したことにより生徒の身を危険にさらしたということで、一ヶ月の謹慎を言い渡された。

一之瀬と藤城の処分は仕方がないとして、憂の停学が無期限というのは厳し過ぎるのでは、との声が一部の教員達から上がった。

憂は、藤城に危険ドラッグの店を辞めさせるためにアルバイト店員として潜り込んでいたのだ。

——理由はなんであれ、知念憂は危険ドラッグを販売していると知っていながらアルバイトをしていたのですから、情状酌量の余地はありません。

逡巡していた校長の内海千恵は、教頭の清水に押し切られる形で憂の処分を決定した。

「あれ、一Aの一文字先生じゃない？」

「たしか、謹慎してたんだよね？」

「うわっ、怖っ。隣にいるあのヤンキー誰？」

「どこの田舎のレディースだよ？」

「みるな……絡まれるぞ」

「一文字先生の彼女かな？」

「そんなわけないじゃん、あんな若作りした女ヤクザ」

「こら！　誰が若作りした女ヤクザじゃい！」

静香が、噂話をしていた男子生徒達に巻き舌の怒声を浴びせた。

「お袋！　学校の生徒を脅したらだめだろ！」

「ガキにはきっちり礼儀とケジメを教えなきゃなんねえんだよ」

鬼の形相で、静香がカオルを振り返った。

「だから、女ヤクザだなんて言われるんだよ。一ヶ月ぶりの僕と超個性的なお袋が歩いてるんだから、生徒達もひそひそ話をしたくもなるさ」

「そんなことより、カオル、本当に後悔しないのか？」

静香が、急に真面目な顔で訊ねてきた。

「なにが？」

「惚《とぼ》けんなよ。あたしが、お前の考えてることわかんねえとでも思ってんのか？」

カオルは、苦笑いでやり過ごした。

謹慎期間中に、カオルなりに最善の選択を考えた。

自分が教師として進むべき道は？

答えは、明白だった。

生徒に、未来への希望を抱けるような道筋をつけてあげることだった。

「太陽高校」の正門がみえてくると、静香は足を止めた。

「じゃあ、あたしはここまでだ。カオル。自信を持って、自分の意見を貫いてきな。正直、職員室に乗り込んでやりたいけどさ。生徒を命懸けで救おうとしたお前を一ヶ月も謹慎させるなんて……教頭をぶん殴ってやりたいよ。けどさ、今回は出しゃばらないって決めたんだ。お前が決めることだったら、どんな道を選択してもあたしは信じて応援するよ」

静香が、彼女らしくない優しい瞳でカオルをみつめた。

「なんだよ、そんなに物わかりがいいと気持ち悪いな」

カオルは、照れ隠しにわざとぶっきら棒に言った。

いつもなら何倍増しにも言い返してくる静香が、向き合う格好で無言でカオルの肩に手を置いた。

「お前は、あたしの自慢の息子だよ」

静香が、柔和に微笑んだ。

「うん。ありがとう。お袋も、僕の自慢だよ」

「そんなの、あたりめーだ。あたし以上の母親なんて、世界中のどこを探したっていねーよ。ほら、さっさと行ってこい！」

いつものヤンキー口調に戻った静香が、カオルの背中を平手で思い切り叩いた。

「痛っ……もう、手荒いな。じゃあ、行ってきます！」

カオルは、右手で拳を作り静香に笑顔を残すと正門へと力強く足を踏み出した。

☆

職員室に入ると、教員達の視線が一斉に集まった。

「一文字先生！」

「謹慎、明けたんですね！」

明日香と中村が、真っ先に駆け寄ってきた。

「ええ。ご心配かけました」

「一文字先生だけ謹慎だなんて、申し訳なくて……すみません」

「僕もあの場にいたのに……ごめんなさい」

「ふたりとも、やめてください。僕の判断で警察を呼ばなかったことで迷惑をかけてしまって、申し訳ないです」

カオルは明日香と中村の顔を上げさせ、逆に詫びた。

「一文字先生は生徒のことを考えて行動したんです。なにも、悪いことはありません。胸を張っていいことだと思います！」

明日香が、言葉に力を込めて言った。

「そうやって、彼を英雄視するのはどうかと思うがな。警察に通報もしないで勝手なまねをしたことで、どんなに生徒を危険な目にあわせたかを考えてみろ」

村松が、苦虫を嚙み潰したような顔で話に入ってきた。

「でも、生徒のために身体を張っている一文字先生の姿をみて、僕は感動しました」

中村が、勇気を振り絞ったように言った。

「お前が感動するかどうかなんて関係ないんだよっ。いいか？　一文字先生がヒーローを気取ったことで、もしかしたら生徒が命を落としていたかもしれないんだぞ!?」

「私も、村松先生の意見に賛成よ」

英語教諭の石野が、抑揚のない口調で言った。

「一文字先生に前から言いたかったんだけど、現実はドラマのように、正義や理想で生徒は救えないのよ？　結果オーライで誰も怪我《けが》人は出なかったけれど、もしものことがあったら、どう責任を取るつもり？　あなたみたいな熱血とか言われているタイプが、一番、教師に向いてないのよね」

「石野先生、それは言い過ぎです！」

中村が、すかさず抗議した。

「そうですよっ。一文字先生ほど生徒のことを考えている先生はいません！　一文字先生が教師に向いてないなら、この中に誰も向いている先生なんていません！」

明日香も中村に続き、強い口調で断言した。

「私は、石野先生の考えに賛成ですけどね」

職員室に、教頭の清水が現れた。

少し遅れて、校長の内海も姿をみせた。

トップ２の登場に、職員室の空気が一気に張り詰めた。

「おはようございます。このたびは、僕の勝手な判断で学校に多大なるご迷惑をおかけして申し訳ありませんでした」

カオルは、内海と清水の前に歩み出て頭を下げた。

「わかっているなら、謹慎が解けても登校しないって選択もあったんじゃないんですか？」

清水が、皮肉っぽい口調で言った。

「まあまあ、教頭先生、とりあえず座ってから話しましょう」

内海が、出入り口付近に設置された応接ソファに清水とカオルを促した。

カオルは、内海と清水と向き合う形で座った。

「以前、村松先生が悪性腫瘍は転移する前に取り除くべきだと忠告したときに君は、僕達教師という仕事は、世界中の人を敵に回してでも生徒を守らなければならないとかなんとか言ってましたよね？　世界中を敵に回して守った生徒がもたらしたものはなんでしたか？」

ソファに座るなり、清水が皮肉を再開した。

「おわかりでないのでしたら、言ってあげましょうか？　あなたが世界中を敵に回して守った悪性腫瘍は、『太陽高校』を瀕死の状態にしたんですよ？」

「教頭先生、一文字先生は謹慎を終えたわけですから」

内海が、清水を諭した。

「校長先生が甘いから、彼のような勘違いした教師が生まれるんですっ。いいですか？　一之瀬や藤城だけではなく、一文字先生自身も悪性腫瘍だから切除したほうが学校のためです！　彼みたいな教師がいたら、『太陽高校』は未来永劫《えいごう》、進学校になんてなれませんよ！」

「教頭先生っ！」

「いいんです、江口先生。校長先生と教頭先生に、お願いがあります」

血相を変える明日香を制し、カオルは内海と清水の顔を交互にみた。

「迷惑をかけた上にお願いごとなんて、図々しいにもほどが……」

「まずは、話を聞いてみましょう」

内海が清水を遮り、カオルを促した。

「ありがとうございます。教頭先生のおっしゃるように、僕は教師として失格です。一之瀬や藤城だけが退学になり、僕だけ一ヶ月の謹慎で禊《みそぎ》とするのは納得いきません」

「一文字先生、なにが言いたいんですか？」

内海が、怪訝な表情で訊ねてきた。

カオルは、上着のポケットから退職願いを出して内海の前に置いた。

「一文字先生、あなた……」

「僕は、今回の責任を取って『太陽高校』の教諭を辞めます」

「なんですって⁉」

内海が、頓狂《とんきょう》な声を上げた。

「その代わりお願いが……」

「一文字先生、辞めないでください！」

職員室のドアが開き、沙理を先頭に一年A組の生徒が大挙して雪崩《なだ》れ込んできた。

「お前達、なにしにきたんだ！」

気色ばんだ村松が生徒達の前に立ちはだかり怒声を浴びせた。

「一文字先生、辞めないでください！」

村松を無視して、沙理が同じ言葉を繰り返した。

「俺らには、先生が必要なんです！」

風間が端正な顔立ちを悲痛に歪めて訴えた。

「そうだよ！　卒業まで見届けてくれなきゃ！」

二階堂の甲高い声が室内の空気を鋭利な刃物のように切り裂いた。

「カオル先生、私達を見捨てないでください！」

対照的な小島雛の低い声が聞こえた。

「あんたも、なんとか言いなさいよ！」

雛に背中を押された弘が、仏頂面で前に出てきた。

「カオルちゃんさぁ、逃げるのはずるいだろ？　まあ、俺はどっちでもいいけど」

弘が、素直ではない口調で言った。

「お前達、僕のために集まってくれてありがとうな」

カオルは立ち上がり、生徒と向き合った。

「一之瀬君と知念さん以外の生徒は、全員、集まってます！」

力士さながらにまるまると肥えた中沢が、誇らしげに胸を張った。

カオルは、生徒達を見渡した。

最後列には、横を向いて腕組みをしたジェームズがいた。

「でも、その中でもトモちんが一番、カオルちゃんを心配してるけどね～」

ツインテールの毛先を両手で摘まんだ友美が首を傾げ、アニメ声で言った。

「先生は、みんなのことが大好きだ！　本当は、もっともっと、お前達と苦楽を共にしたかった」

カオルは、ひとりひとりの眼をみつめ、力強く言った。

「だったら、どうして辞めるなんて言うんですか⁉」

沙理が、半べそ顔で言った。

「そうだよ！　僕らと一緒にいたいなら、辞めなきゃいいじゃん！」

二階堂のソプラノボイスも涙声になっていた。

「いま言ったことが嘘じゃないなら、辞めんなよ」

いつも茶化すことしかしない弘が、珍しく真顔になっていた。

「嘘なんかじゃないっ。僕は一Ａのみんなと出会えたことを、神様に感謝してる。お前達は、僕の宝物だ。だけど、僕にはやらなきゃならないことがあるんだ。校長先生、教頭先生……」

カオルは、内海と清水のほうに身体の向きを変えた。

「お願いというのは……責任を取って僕が辞める代わりに、知念憂の無期限停学処分を解いて貰えませんか⁉」

「そんなこと、できるわけないじゃないですか！　一文字先生が辞めることと知念憂の処分は……」

「教頭先生は、黙っててくださいっ。結論は、校長である私が決めます！」

ヒステリックに喚く清水を、内海が一喝した。

有無を言わせない内海の剣幕に、不満げな清水も黙り込むしかなかった。

「一文字先生。知念憂さんに関しては、私も無期限の停学は重過ぎる処分だと思っていましたから、本人と親御さんと話して問題なければ停学処分を解きましょう。そうなれば、一文字先生が辞める必要はなくなりましたね?」

内海が、微笑みながら訊ねてきた。

「ありがとうございます! でも、僕が『太陽高校』を辞める決意は変わりません」

生徒達がざわめき、啜《すす》り泣きや悲鳴も聞こえた。

「知念憂の停学処分は解けるというのに、どうして辞めるんですか?」

「山梨に、『青空学園』という学校があるのをご存じですか?」

「ええ。全国で問題を起こして退学になった生徒や不登校の生徒を受け入れる学校ですよね? テレビでやっていた特集を観たことがあります」

「僕は、『青空学園』の教諭になろうと思っています」

「『青空学園』に?」

内海が、訝《いぶか》しげな表情になった。

「はい。一之瀬と藤城の審判の結果、たとえ少年院行きにならなくても退学は免れませんし、彼らはそれだけの過ちを犯したので仕方のないことです。でも、彼らの人生が終わったわけではありません。一Aの生徒達のことは、大切に思っています。しかし、いま、僕が支えなければならないのは彼らです」

言葉を切り、カオルは生徒のほうを向いた。

「みんなにも、わかってほしい。たしかに、一之瀬と藤城はいけないことをした。けれど、きちんと罪を償ったあとは、彼らにも平等にやり直すチャンスを与えなければならない。残念ながら、世間の眼はそう甘くはない。本当の意味でふたりにとっての試練は、釈放されきてからかもしれない。一之瀬と藤城が、偏見や差別にあったときにふたたび道を踏み外すことがないように支えるのが僕の役目だと思っている」

カオルは、ひと言、ひと言に思いを乗せた。

「俺達も、一文字先生の支えが必要です！」

「トモちん、カオルちゃんがいなきゃ道を踏み外しちゃうかも〜」

「俺らだって、大事な生徒だろ？　これじゃ、悪いことをした人間が得じゃんかよ」

風間が、友美が、弘が、思い思いの気持ちを訴えた。

「僕にとって、お前達も一之瀬や藤城も、『夢』であり『希望』だ。ただ、いまは、彼らのほうが僕の支えが必要だというだけの話だよ」

カオルは、根気よく諭した。

一之瀬と藤城に自分の支えが必要なのは事実でも、志半ばに「太陽高校」を去ることに変わりはない。

一Aの生徒達が、見捨てられたと思っても仕方がない。

「一文字先生、なんとか言って……」

「おいおい、カオルちゃんを信じらんないのか？」

ジェームズが風間を遮り、生徒達の前に歩み出てきた。

「カオルちゃんはさ、単純で馬鹿で不器用だけど嘘は吐かない先生だ。嘘を吐くような人間なら、『太陽高校』に残るさ。生徒のためだからって、俺以上の問題児がうようよしている学校に行くなんて損得考えない馬鹿正直な人間しか思いつかないだろう？」

「桜井……」

身振り手振りでクラスメイトに訴えるジェームズの姿が、涙で霞んだ。

自分のやってきたことは、間違っていなかった。

手塚と斉藤を救えずに失われた自信……だがいま、教師として生きてもいいと、神様に許しを貰えたような気がした。

「たしかに、一文字先生は単純だけど嘘は吐かないよな」

「カオルちゃんは騙されやすそうだけど騙すタイプじゃないよね～」

「そうそう、正直だけが取り柄のタイプだよな」

「イノシシみたいにまっすぐしか走れないけど、そこがいいところよね」

生徒達が、次々にカオルについての感想を口にした。

「お前達、僕を褒めてるのか馬鹿にしてるのかわからないだろ！」

カオルは、泣き笑いの顔で生徒達に突っ込んだ。

頬を濡らすのは、もちろん嬉し涙だった。

「なんだ？　もしかして、カオルちゃん、泣いてんのか？」

ジェームズが、からかうように言った。

「ば、馬鹿言うな！　これは、面白過ぎて出た涙だ」

「こらこら、お前ら、なにを勝手なことばかり言ってるんだ！　さっさと教室に戻るんだ！」

村松が、野良猫をそうするように生徒達を手で追い払う仕草をみせた。

「俺らは、一文字先生の指示にしか従わないから」

ジェームズが、村松と対峙した。

「桜井っ、こんなことしてただで済むと……」

「なんにも怖くねえよ。カオルちゃんは、自分の身を犠牲にして俺らを守ってくれた。今度は、俺らがカオルちゃんを守る番だ。なあ、みんな！」

ジェームズは、生徒達に問いかけた。

「一文字先生をイジメたら、俺が許さない！」

「テレビ局で親戚《しんせき》が働いているから、『太陽高校』は生徒のために頑張ってくれる先生を寄ってたかってイジメてるって取り上げてもらうからね！」

「あんたらのほうが出て行けよ！」

「一文字先生はなんにも悪くないわ！」

「君達、いい加減にしないと全員停学にしますよ！」

清水が七三髪を振り乱し、金切り声で生徒達を一喝した。

「まだわからないんですか！」

明日香が、清水の前に歩み出た。

「この子達は、一文字先生が残してくれた宝……一文字先生は、『太陽高校』の名誉を傷つけるどころか、尊い志で進学校になる以上の財産を残してくれたんです！」

こんなに激しい口調で抗議する明日香をみるのは初めてだった。

「江口先生っ、これ以上言うと、君を懲戒免職に……」

「懲戒免職になるのは、あなたのほうですよ！　教頭先生！」

内海が叱責すると、もともと青白い清水の顔がよりいっそう蒼褪《あおざ》めた。

「一文字先生。わかりました。退職願いを受理しましょう。でも、ひとつだけ約束してください。『青空学園』でも、その純粋な気持ちを忘れずに生徒達と向き合うということを」

内海がソファから腰を上げ、カオルに手を差し出してきた。

「約束します！　僕はこれからも、熱く、まっすぐに生徒達と向き合い続けます！」

カオルはきっぱりと断言すると、内海の手をきつく握り締めた。

「おい、カオルちゃんを胴上げだ！」

ジェームズのかけ声で、生徒達がカオルの周囲を取り巻いた。

「お前ら、やめろ……」

「邪魔だよ、先生！」

弘が、村松を肩で弾き飛ばした。

「教頭先生もそこにいたら怪我しちゃいますよ！」

「な、なにをするんですか！」

中村が、清水を軽々と抱え上げ生徒達の輪から引き離した。

「カオルちゃん、これからも熱く単純馬鹿な先生でいてくれよ！」

ジェームズの言葉を合図に、身体が宙に浮いた。

「ありがとう……ありがとう、みんな！」

カオルは首を後方に巡らせ、迫っては遠ざかる生徒達、ジェームズ、風間、沙理、友美、弘、二階堂……ひとりひとりの顔を瞳に焼きつけた。

眼を閉じた。瞼の裏に、憂、一之瀬、藤城の顔が浮かんだ。

「でも、単純馬鹿は余計だぞ！」

眼を開けたカオルが叫ぶと、涙で滲む生徒達から爆笑が沸き起こった。

「一文字カオル、これからも生徒とともに全力で突っ走ります！」

カオルは誰にともなく宣言し、宙に舞いながら拳を突き上げた。

・〈引用文献〉　池内了『科学の落し穴』（晶文社）

・この作品は、月刊「ランティエ」二〇一四年四月号～二〇一五年八月号までの掲載分に加筆・訂正したものです。

著者略歴

新堂冬樹（しんどう・ふゆき）
コンサルタント業務を営む傍ら執筆活動を開始し、98年に『血塗られた神話』で第７回メフィスト賞を受賞し作家デビュー。ノワール小説と純愛小説を描きわけるなど、独自のスタイルで支持を集める。著書に『ろくでなし』『カリスマ』『忘れ雪』『不倫純愛』『白い鴉』『華麗なる欺き』『哀しみの星』『逃亡者』『少女A』『瞳の犬』等多数。

Kadokawa Haruki Corporation

新堂冬樹

熱《ねつ》血《けつ》教師《きようし》カオルちゃん

＊

2015年8月8日第一刷発行

発行者　角川春樹
発行所　株式会社　角川春樹事務所
〒102-0074　東京都千代田区九段南2-1-30　イタリア文化会館
電話03-3263-5881（営業）　03-3263-5247（編集）
印刷・製本　中央精版印刷株式会社

ISBN978-4-7584-1264-3 C0093
http://www.kadokawaharuki.co.jp/

新堂冬樹の本

夜騎士物語

新宿歌舞伎町のホストクラブ「夜騎士」。ここは、様々な女たちが刹那の愛を求めて訪れ、金が紙きれのように消費される幻の楽園。ある日、ナンバー1ホストの心《こころ》に、勝負を挑むホストが現れた。彼——六本木のナンバー1ホストだった流華《るか》は、心とは正反対のやり方で売り上げを伸ばしていく。愛と欲望うず巻く闘争の果てに、ナンバー1の座をつかむのは誰なのか？　眠らない街・歌舞伎町を舞台に描く、傑作長篇小説。

ハルキ文庫

新堂冬樹の本

華麗なる欺き

スティングの異名を持つ凄腕の詐欺師・水島は、190億円のマリー・アントワネットの首飾りを狙うことになった。一方、ペガサスと呼ばれる女子大生詐欺師・翼もその情報を掴み、同じ獲物をめぐる壮絶な騙しあいが始まることに。人を殺めることなく、スマートに騙すことに、こだわりとプライドを持つ二人の若き天才詐欺師たち。果たして勝者はどちらに……？

裏社会を生きる者たちを描くノワールサスペンス。